Marie ist eine Frau, die Zeit braucht, sagt Dietrich gönnerhaft. Klar, denkt Marie vor ihrer ersten Ausstellungseröffnung, ich bin erst fünfzig und hab noch viel zuwenig ausprobiert – nicht mal den Seitensprung.

Was soll ich denn sagen, stöhnt Anna, Udo bemerkt mich längst nicht mehr. Vielleicht fliege ich mit Karl nach Lanzarote, ab fünfzig ist doch alles erlaubt...

Dietrich, der Forschungssüchtige, ein Perfektionist beim Geschirrspülerfüllen, Pulszählen und Serviettenfalten, strebt plötzlich in eine Männergruppe, um seine Grenzen zu erkunden. Während er sich gemeinsam mit Udo im Überlebenstraining von Gänseblümchen und Regenwürmern ernährt, beschließt Marie, die Gelegenheit zu nutzen. Trotzig und lustvoll erprobt sie die Liebe und das Küssen neu, mal resignativ an Eugens Seite in den Bergen, mal rauschhaft mit Kevin unterm Pflaumenbaum. Dabei vergißt sie aber nie, Dietrichs Hemden zu bügeln...

Mit Witz, Spottlust und Ironie zeichnet die Autorin den Lebensalltag der Vierzig- bis Fünfzigjährigen, die zwischen Torschlußpanik und egozentrischem Genuß, zwischen Überdruß und dem Drang, »es noch einmal wissen zu wollen«, hin und her pendeln. Langjährig erworbene Marotten blähen sich zum Tick, man weiß es, pflegt und hegt sie – na wenn schon...

Dorit Zinn, Jahrgang 1940, verheiratet, zwei erwachsene Söhne, lebt in Darmstadt, schreibt Satiren, Hörspiele, Jugendromane, Kurzgeschichten. Im Fischer Taschenbuch Verlag erschien ihr Buch »Mein Sohn liebt Männer« (Band 11260).

Dorit Zinn

Mit fünfzig küssen
Männer anders

Roman

Fischer Taschenbuch Verlag

Die Frau in der Gesellschaft
Herausgegeben von Ingeborg Mues

31.–45. Tausend: November 1995

Originalausgabe
Veröffentlicht im Fischer Taschenbuch Verlag GmbH,
Frankfurt am Main, Oktober 1995

© Fischer Taschenbuch Verlag GmbH,
Frankfurt am Main 1995
Gesamtherstellung: Clausen & Bosse, Leck
Printed in Germany
ISBN 3-596-12939-7

Gedruckt auf chlor- und säurefreiem Papier

1

Die Lage war angespannt. Dietrich stand in Unterhosen vor dem Kleiderschrank. Er zerrte ein Jackett nach dem anderen heraus, pfefferte alles aufs Bett, etliche Oberhemden und Socken dazu, kroch auf der Suche nach den dunkelblauen Wildlederslippern – Leisetreter nannte er sie – unter die Kommode, brüllte laut nach der Krawatte mit den violetten Stiefmütterchen.

Es war wie immer vor einem Fest- oder Theaterbesuch.

Zur Krönung der Szene warf sich Dietrich aufs Bett, mitten hinein in die gebügelten Hemden.

»Du liegst auf zwei Stunden Arbeit«, stöhnte ich.

»Ich geh nicht mit«, knurrte er, »ich hab es satt, mich anzupassen, mich rauszuputzen für irgendwelche Leute!«

»Anna und Udo sind nicht ›irgendwelche Leute‹!«

»Ach nee«, zischte Dietrich, »das wußte ich noch gar nicht... Und außerdem...«, er griff die Hemden und knüllte sie zu einem bunten Stoffklumpen, »kann ich mit meinen Hemden machen, was ich will!«

Da stand ich nun in meinem neuen Fummel. Und wäre die Situation nicht so vertraut gewesen, ich hätte mich weinend in die Küche eingeschlossen und die ganze Nacht – vergeblich – auf ein Versöhnungszeichen von ihm gewartet. Aber das war fünfundzwanzig Jahre her. Ich war klüger geworden, und ich brauchte meinen Schlaf.

Dietrich hatte sich inzwischen in die Bettdecke eingerollt.

»Diesmal bitte ich dich nicht!« rief ich aus dem Bad. Der knallrote Stift fuhr über meine Lippen, einmal, dreimal, fünfmal.

Dietrich rührte sich nicht, er blieb einfach liegen.

Das war neu.

Ich stöckelte so laut wie möglich die Treppen hinab, verharrte an der Tür. Oben blieb es still. Die Haustür flog hinter mir ins Schloß, dann die Autotür, der Motor heulte auf. Marie-Luise, was bist du stark! Ich war mit mir zufrieden.

Ich preschte die schmale Straße entlang. Anna und Udo wohnten auf dem Land. Hügel, Wiesen, Wald, Maienduft, Maiengrün – jetzt brauchte ich Konstantin Wecker. »Wenn der Sommer nicht mehr weit ist…« summte ich und schob die Kassette ein. »Und dann will ich, was ich tun will, endlich tu-hun!« Weckers Stimme klang noch nie so provokant.

Anna hatte im Garten gedeckt. Sieben lange Biertische standen dort, sie standen auf Udos irischem Rollrasen, dem Geschenk der Freunde zu seinem fünfzigsten Geburtstag vor zwei Jahren. Jeden dritten Abend schor er ihn mit dem Handrasenmäher, und niemand außer Udo hatte den Rasen bisher betreten dürfen.

Heute hatte Anna sich also durchgesetzt. Sie wollte ihren fünfzigsten Geburtstag im Garten feiern, zwischen Maiglöckchen und Flieder. In der Einladung war um leichtes Schuhwerk gebeten worden.

Mit ausgebreiteten Armen kam Anna auf mich zu gelaufen, die Figur versteckt in violett wallender Baumwolle. Auf den rotgefärbten Locken schäumte ein Kranz aus Tausendschönchen. Sie zupfte verlegen in Haar und Kranz. »Ein Geschenk der Kinder«, sagte sie, »den muß ich doch aufbehalten.«

»Herzlichen Glückwunsch!« schnurrte ich. »Und bleib so schön und jung!« Ich nahm eine Tulpe aus dem Strauß und schob sie ihr in den üppigen Ausschnitt. »Schönen Gruß von meinem Dietrich – so macht er es doch immer!«

Anna lachte. »Du hast den tiefen Blick vergessen! Wo steckt er denn?«

»Dietrich ist krank«, sagte ich und war erstaunt, wie locker mir die Lüge über die Zunge ging.

Udo kam hinzu. Leidend starrte er auf meine hochhackigen Pumps. »Der arme, arme Rasen«, klagte er.

»Udo, nicht zetern, heute hat Anna Geburtstag!« Ich steckte ihr unser Geschenk an die violette Brust: die Brosche, die Anna sich so lange vergeblich von Udo gewünscht hatte.

»Ich werd verrückt!« rief Anna. »Das ist doch viel zu großzügig!«

»Ich weiß, was die kostet«, knurzelte Udo.

Wir rutschten auf die wackeligen Holzbänke, der Platz neben mir blieb leer – Dietrichs Platz.

Udo hatte an Geschenken gespart, Anna nicht am Essen. Eine lange Woche hatte sie vorgekocht, sechs Gänge gezaubert mit Witz und Phantasie, die ›Ahs‹ und ›Ohs‹ schallten durch den Garten. Die beiden Zwillingspärchen, ›meine vier schwierigen Töchter‹, wie Udo sie nannte, spurteten in neckischen Kellnerschürzchen von einem Tisch zum anderen. Udo wiegte zufrieden sein ergrautes Haupt.

Dann zog Udo seinen Zeichenstift – seit dreißig Jahren trug er ihn links oben in der Tasche seines Hemdes, direkt über dem Architektenherzen. Er ließ den Stift gegen das Glas klirren. Tief holte er Atem und begann, zäh und bedächtig Annas Lebensweg zu zeichnen, von der Wiege bis zum heutigen Jubeltage, jeder Satz wie vom Reißbrett, wohltemperiert. Anna zwinkerte mir übermütig zu. Udos Mutter wrang Papiertaschentücher in den bernsteinberingten Händen. Die Gäste schwankten zwischen Rührung und Langeweile.

Ich hatte plötzlich an Dietrich denken müssen.

Ein wundes Gefühl war in mir aufgestiegen und hatte sich in mir ausgebreitet, über die Reden und Lieder, Gedichte und Tänze gelegt, die die unermüdliche Helge für jeden fünfzigsten Geburtstag im Freundeskreis einstudierte. Das alles rauschte an mir vorbei, weit entfernt.

»Mein Gott, was sehen Sie trübsinnig aus!« Mein Nachbar, ein viel zu groß geratener Unbekannter, der sich zu später Stunde Dietrichs freien Platz erschlichen hatte, sortierte unruhig seine Beine zwischen Holzbank und Tisch, mühte sich, mein Knie zu streifen, scharrte mit Riesenfüßen auf Udos Rasen und legte schließlich seine Hand auf meine nackte Schulter. »So wie Sie aussehen, sind Sie sicher frisch geschieden oder getrennt, ha, ha!« Seine Hand klebte auf meiner Haut. »Ja, das ist schick!« plätscherte er weiter. »In meinem Freundeskreis haben sich jetzt fast alle neu orientiert – oder ist das hier in der Provinz etwa anders?«

»Vielleicht«, sagte ich.

Ich hatte keinen Funken Lust zum Flirten, nahm seine Hand von meiner Schulter und legte sie auf den Tisch. Dann stand ich auf und fuhr nach Hause. Erst als ich in später Nacht an Dietrichs Seite kroch, verflog das wunde Gefühl. Mein Igelmann schlief tief und fest und zeigte keine Stacheln.

2

Wir frühstückten auf dem Balkon, bei Maienduft und Amsel-schlag. Im höflichen Wechsel reichten wir uns Zeitungen, Butter, Brot, Kaffee, ich erzählte so witzig wie möglich von Annas Ge-burtstag, Dietrich lachte, als ob er dabeigewesen sei.

Alles paletti, dachte ich erleichtert, alles wie an jedem Tag. Und wie immer die Frage: »Du brauchst doch heute nicht das Auto?«

»Doch«, sagte der Igel und lächelte liebenswert.

»Aber nein«, sagte ich, »heute bin ich doch dran!«

Dietrich sprang auf, gab mir einen flüchtigen Kuß – weg war er. Perplex starrte ich auf die geknüllte Damastserviette, die er sonst immer zeremoniell und bedächtig zusammenfaltete, so wie seine Mutter es ihm beigebracht hatte.

Da saß ich, und niemand war da, den ich anfauchen konnte. Die Schwiegermutter kam erst nächste Woche zu Besuch, die Kinder waren erwachsen und aus dem Haus, Kater Fritz auf Liebestour. Ich brauchte mindestens jemanden zum Reden. Sofort!

Anna hörte mir gerne zu.

»Reg dich nicht auf.« Annas Lachen vibrierte im Telefonhörer. »Der Dietrich kommt jetzt in die Jahre, wer weiß, was er noch für Macken ausbrütet.«

»Mir reichen die jetzigen«, eiferte ich mich.

Anna wurde still. Dann wurde sie schrill. »Was soll ich denn sagen? Udo arbeitet von morgens bis in die Nacht, immer Auf-träge, immer Wettbewerbe! Ein Familienleben gibt es bei uns nur noch zu Weihnachten oder Ostern. Ich glaube, der bemerkt mich gar nicht mehr. Ich leide – und das seit Jahren!« Ihre Stimme überschlug sich, heftiges Atmen.

Wieder Pause. Plötzlich frohlockte sie in den Hörer: »Weißt du

8

überhaupt schon, daß Christa allein zu Hause sitzt? Karl hat vor ein paar Tagen seinen Rucksack gepackt und ist nach Lanzarote geflogen, so Knall auf Fall, ohne irgendwas zu sagen.«

»Nein!« rief ich.

»Doch!« Anna triumphierte. »Er hat sich von ihr befreit, jedenfalls für ein paar Wochen.«

»Du bist gemein«, sagte ich, »und überhaupt, wieso stehst du auf seiner Seite?«

Anna lachte kehlig.

»Was lachst du so? Erzähl doch mal.« Ich streckte meine Beine auf dem Glastisch aus, meine Füße spielten mit der Blumenvase.

»Ich mag ihn halt«, sagte Anna.

»Dann flieg hinterher!« Ich stupste mit gespreizten Zehen die gespreizten Tulpenblüten. »Ab fünfzig ist alles erlaubt.«

»Vielleicht«, sagte Anna. »Aber vorher muß ich noch den Dreck von meinem Geburtstag wegräumen.«

Ich hüpfte unter die Dusche. Abgerubbelt, das Kleid übergestreift, die Mappe mit den Skizzen für die Galerie unter den Arm geklemmt, zum Bus gehetzt. Wie praktisch wäre jetzt ein Auto! Natürlich fuhr der Bus an mir vorbei, und der Fahrer grinste noch hämisch – bei einer Siebzehnjährigen hätte er gehalten! Empört setzte ich mich in das Wartehäuschen. Schweißbäche stürzten aus allen Poren. Während ich hier litt, hockte Dietrich entspannt in seinem Labor und malte chemische Verbindungsformeln! Wer weiß, vielleicht bastelt er seit heute an Trennungsformeln?

Im nächsten Bus mußte ich mich zwischen eine Wandergruppe zwängen, Loden, Kniebundhosen, Siebenundvierzigfel. Als der Bus bremste, rutschten die Zeichnungen aus der Mappe.

»Könnten Sie Ihre Beine mal wegnehmen?« Gereizt kroch ich zwischen das klobige Wanderschuhwerk.

»Können Sie nicht einen anderen Ton anschlagen, Fräulein?«

»Fräulein!« Ich preßte meine Mappe unter den Arm und stieg vorzeitig aus.

Na schön, laufen ist gesund. Wenn nur die Pumps dickere Absätze hätten. Scheißkopfsteinpflaster.

9

Frau Martens erwartete mich schon in ihrer Galerie. Sie war wie immer in dramatisches Schwarz gehüllt, die blauschwarzen Haare straff zu einem Knoten gebunden, die grauen Augen schwarz gerahmt, nur der Mund blühte mohnrot. Wie eine lebende Plastik stand sie im hellen Raum.

»Diese pünktlichen Künstler!« Ein tiefes Lachen quoll aus ihrer schwarzen Brust. Sie griff den Telefonhörer. »Marcello! Due cappuccini, per favore!« Sie rollte das »R« beneidenswert, Dietrich und ich hatten es bei unseren zahlreichen Italienischkursen in Volkshochschule und toskanischem Bildungsurlaub leider nie richtig erlernt.

Frau Martens drückte mich auf ein dreibeiniges stählernes Kunstwerk von Stuhl, das neben einem kleinen runden Marmortisch stand, und mir fiel ein, daß mein Friseur auch so einen Tisch hatte, nur mit Wiener Stühlen, mein Friseur, der seit Jahren meine langweilige blonde Pagenfrisur in feuerrote Locken verwandeln wollte. Schweigend blätterte Frau Martens in meiner Mappe, ein Blatt nach dem anderen wanderte auf die Marmorplatte. Dann hob sie eins in die Höhe, ihr schneeweißer Arm wuchs aus dem schwarzen Gewand, sie streckte das Blatt weit von sich.

Endlich sagte sie: »An dem ist was dran, das hat was!« Sie lief auf die helle Wand zu, hielt das Blatt dagegen. »Sehen Sie doch selbst, Kindchen!«

Ich nickte unsicher.

Die Tür klappte, und herein stolzierte ein schwarzmähniges Mannsbild.

»Marcello!« rollte es aus Frau Martens. »Bello mio!« Sie küßte ihn auf die Wange, ihr Mohnmund blieb als Abdruck haften.

Marcello setzte zwei Tassen mit geschäumten Hauben auf das Marmortischchen, zwinkerte mir zu und verließ mit »Ciao« und einem unglaublichen Hüftschwung die Galerie.

Frau Martens tauchte ihre Lippenpracht in den weißen Sahneschaum. »Sie wissen, was ich meine, Kindchen? So und nicht anders.«

Ich strich mir eifrig die Haare aus dem Gesicht. »Wenn ich ehrlich sein soll, weiß ich's nicht so genau.«

»Aber Kindchen«, sie fuhr mit der Hand über die Zeichnung. »So und nicht anders, nein, vielleicht noch etwas sparsamer, du mußt das Motiv variieren, weißt du? Das gefällt, das verkauft sich!« Ihre Hand hinterließ braune Kakaospuren. »Sagen wir mal, in drei bis vier Monaten, meine Liebe? Könnten Sie es bis dahin schaffen? Ich brauche circa zwanzig Blätter für eine Ausstellung. Also, variieren Sie das Motiv!«

Ich starrte auf die Kakaospuren. »Gut«, sagte ich, »ich werde es versuchen.«

»Nicht versuchen, Kindchen. Malen ist ein Schöpfungsakt.« Sie stand auf. »Eine Vita brauche ich noch.« Sie lächelte mich gönnerhaft an. »Mal sehn, ob Sie mein Jahrgang sind.«

Dietrich kam abends pünktlich nach Hause. Eigentlich hatte ich mich auf Verspätung eingestellt. Mit einem Strauß Maiglöckchen stand er in der Tür. Entwaffnet steckte ich meine Nase in die duftenden Blüten und säuselte: »Maiglöckchen sind mir die liebsten. Dank dir!« Ich probierte einen leidenschaftlichen Kuß.

Dietrich kniff mir in den Hintern. »Ich habe sie im teuersten Blumengeschäft der Stadt gekauft. Im Supermarkt hätte ich dafür fünf Sträuße kriegen können!«

»Höchstens zwei«, sagte ich.

»Fünf!« sagte er. »Außerdem, welcher Mann bringt seiner Frau schon Blumen mit, an einem ganz gewöhnlichen Wochentag, ich meine, nach fünfundzwanzig Jahren Ehe.«

»Jemand, der ein schlechtes Gewissen hat.«

»Schlechtes Gewissen? Wieso!«

»Wieso! Na, ist egal… Aber ich weiß, wer das sonst noch machen würde: Karl!«

»Ph«, machte Dietrich, »der doch nicht. Wenn Karl mal Blumen mitbringt, dann sind sie geklaut, Sonnenblumen vom Acker oder Rosen aus dem Stadtpark. Für Blumen gibt der doch kein Geld aus, dafür ist er zu knickrig.«

»Aber romantisch ist er!« rief ich aus der Küche. Ich füllte Wasser in meinen silbernen Taufbecher. »Er hat Christa früher Liebesbriefe in Birkenrinde geritzt.« Ich ordnete die Maiglöckchen im Becher. »Vielleicht«, sagte ich, »ritzt er seine Briefe jetzt in schwarze Lava.«

Dietrich warf sein Jackett in den Sessel und setzte sich darauf. »Lava?« gähnte er.

»Ja, Lava!« rief ich. »Stell dir vor, er ist einfach auf und davon, ohne Christa etwas zu sagen.« Ich rannte mit den Blumen in der Hand aufgeregt hin und her. »Einfach nach Lanzarote, wie findest du das?«

»Weiß nicht«, gähnte Dietrich, »La Palma gefällt mir besser, ist viel grüner und üppiger.« Er krümmte sich plötzlich vor Lachen. »Auf La Palma könnte er auch viel besser Blumen klauen.«

»Sehr, sehr witzig.« Ich stellte die Blumen endgültig auf den Tisch.

»Karl mußte bestimmt mal allein sein.« Dietrich streckte seufzend Arme und Beine. »Bei Christa brauchte ich auch ab und zu 'ne Pause, dieses Energiebündel kann einen ja vorzeitig ins Grab bringen...« Er zog mich zu sich in den Sessel. »Der will noch nicht so schnell in die dunkle Kiste.«

»Ach Igel.« Ich zauste seine dichten Haare. »Begraben wir lieber den gestrigen Abend. Ich freu mich so über die Blumen und darüber, daß ich noch was zu zausen habe... in deinem Alter!«

3

Das Begräbnis schien gelungen. Wir lebten wieder unser normales Leben, stritten ab und zu ums Auto, kleine Rechthabereien, jeder war mal Sieger. Dietrich fuhr täglich ins Labor, ich kroch täglich in mein Atelier, das angemietete Gewächshaus einer ehemaligen Gärtnerei.

An den Wochenenden wurden wir von Dietrichs Mutter heimgesucht, oder Steffi kam aus München oder Henning aus Leipzig. Steffi erschien von Mal zu Mal exotischer gekleidet. Sie machte eine Ausbildung als Kostümbildnerin, das sollte man sehen. Die Nachbarschaft drückte sich bei ihren Auftritten die Nasen am Fenster platt. Steffi genoß es, und Dietrich litt – auch unter seinem Sohn. Henning hatte einige Semester Volkswirtschaft studiert, dann alles, »bevor ich total verblöde«, hingeschmissen, um Fotograf zu werden und um die Welt zu reisen. »Das ist es«, nichts anderes gebe es für ihn. Zur Zeit jobbte er in einem Leipziger Fotoatelier.

Ich saß in meinem verfallenen Gewächshaus am Waldrand zwischen Wiese und Feld, hatte Licht von oben, von allen Seiten, Wind aus allen Fugen und Ritzen, ab und zu regnete es durch. Ich arbeitete mich Stück für Stück auf meine Ausstellung zu. Frau Martens sollte zufrieden sein. Überhaupt, was wollte man mehr als Zufriedenheit?

Meine Wachskreide fuhr rot über das weiße Blatt. Unsere Liebesehe sollte nichts erschüttern. Rundherum liefen sie alle auseinander, und das in der Mitte des Lebens! Ich setzte Blau, die Farbe der Treue, dagegen. So etwas könnte uns nie passieren, ha, da waren wir klüger! Zufrieden bebrütete ich meine Zeichnung, gut, gut – vielleicht die harten schwarzen Linien rechts oben etwas sanfter setzen? Morgen, entschied ich, morgen! Ich räumte Tuben, Pinsel zusammen, deckte die Zeichnungen mit Folien ab, warf alte Bettücher über farbfrische Leinwand. Und jetzt einen Kaffee, schwarz und heiß! Schnell Wasser aus dem Kanister in den Topf, den Spirituskocher angezündet, gleich hab ich ihn auf der Zunge, diesen bitteren Kaffee, der sich mit der Schokolade verbindet – Vollmilch-Sahne, erotischer geht's nicht.

Kaffee und Schokolade hielten, was sie versprachen. Glücklich rekelte ich mich in dem klapprigen Liegestuhl, die Kniekehlen liebkosten die rauhe Segeltuchbespannung, die Hände das gerissene Holz, die Augen meine Urwaldecke, ein Sammelsurium von Töpfen und Schalen, bepflanzt mit Tomaten, Hibiskus, Oleander, Hortensien in allen Blautönen, gefangen in wildwuchernden exotischen Ranken – nur leider verlor ich zunehmend die Fähigkeit, mir ihre Namen zu merken. »Meine Wilden, meine Wuchernden«, sagte ich schlicht. »Das Leben kann schön sein, gerade so in der Mitte, findet ihr nicht auch?« Die Ranken wedelten, die Blätter nickten.

Draußen trommelte es gegen die Scheiben. Anna preßte ihr erhitztes Gesicht gegen das schmutzige Glas. Sie winkte, warf ihr Rad auf den Gehweg – wie gut, daß Udo das nicht sah – und erstürmte mein Glashaus.

»Ich muß dich sprechen«, keuchte sie, »ich bin völlig durcheinander.« Sie riß mir den Becher aus der Hand, stürzte den Kaffee hinunter, griff die Schokolade, biß in die Tafel wie in ein Brot.

»Meine Schokolade!« Ich stieß gegen ihr Schienbein.

»Ich halte es nicht mehr aus!« rief Anna. Sie rannte von einem Ende des Gewächshauses zum anderen, vor, zurück, vor. »Der Udo ist jetzt völlig durchgeknallt! Bis in die Nacht kriecht er über seine Baupläne, und anschließend mäht er den Rasen, morgens um fünf, fast jeden Tag! Seit Wochen haben wir nicht mehr zusammen geschlafen, er hat sich so verändert! Du, den habe ich mal geliebt, mit Haut und Haar..., angebetet habe ich ihn.« Anna blieb schluchzend stehen. »Und jetzt ist er mir fremd geworden, richtig fremd.«

»Quatsch«, sagte ich, »Udo war schon immer so, solange ich ihn kenne, hat er diese Macken.« Ich wischte ihr die blaue Wimperntusche aus dem Gesicht. »Jedenfalls ansatzweise...«

»Ansatzweise?« schluchzte Anna. »Aber jetzt trägt er sich nicht nur ansatzweise mit der Idee, endlich sich selbst zu verwirklichen, indem er mitten in meinen Blumenbeeten einen Fischteich anlegt! Den habe er sich seit seiner Kindheit vergeblich gewünscht, aber ich hätte es nie erlaubt, behauptete er, hätte ihn unentwegt unterdrückt. Jetzt will er sich von mir nichts mehr verbieten lassen! Dabei finde ich Fische so eklig, so glibberig.«

Anna riß sich das verschwitzte T-Shirt vom Körper, stopfte ihre üppigen Brüste zurück in die BH-Körbchen. »Und damit er lernt, sich gegen mich durchzusetzen, will er mit Bernhard für zehn Tage zu einem Überlebenstraining! Überlebenstraining! Daß ich nicht lache.«

»Dann lach doch! Überlebenstraining mit Bernhard!« Ich prustete los. »Wie soll das denn gehen?«

»Wie soll ich das wissen?« Anna verschlang den Rest der Schokolade. »Udo weiß es auch nicht. Er kennt nur den Termin... in drei Wochen...« Sie griff aus der Ecke einen winzigen Campingstuhl und richtete sich darauf ein. »Ich muß mein Leben ändern«, sagte sie plötzlich, »seit zwanzig Jahren spiele ich den Hauspampel, das Muttertier!« Empört sah sie mich an. »Dabei habe ich einen Beruf, einen guten, interessanten, anerkannten Beruf! Ich könnte sofort wieder anfangen, Krankenschwestern werden überall gesucht!«

»Stimmt«, sagte ich, »fang an, fang doch ganz neu an!«

14

»Ganz neu? Kannst du mir etwa sagen, wie?« Anna sprang auf und brach eine Dolde meiner zartblauen Hortensien.

Ich zuckte zusammen, meine Hortensien! Das tat weh. Aber ich sagte nichts, denn ich mußte an Udo und seinen Rasen denken. Anna schob sich die himmelblaue Dolde hinter das linke Ohr zwischen die feurigen Locken. Temperamentvoll und üppig stand sie vor mir.

Ich starrte sie an. »Hinreißend siehst du aus. So möchte ich dich malen.«

Anna drehte sich kokett. »Aber bitte nicht heute.« Sie rutschte wieder auf den Campingstuhl. »Gib mir lieber ein paar gute Ratschläge.« Sie schnippte mit dem Zeigefinger gegen meine leere Kaffeetasse. »Sag mal, hast du überhaupt nichts Flüssiges mehr in der Nähe?«

»Hab ich.« Ich rappelte mich aus dem Liegestuhl, zog aus meiner Urwalddecke, hinter Efeu und Weinreben vergraben, eine Flasche Sekt hervor. »Mumm hab ich«, ich schwenkte die Flasche vor ihrer Nase, »Mumm brauchst du!«

»Gib her«, sagte Anna, sie kannte meine Angst vor explodierenden Sektkorken, »gib schon her.« Flott löste sie das weiße Stanniolpapier, den Draht, preßte die Daumen fest gegen den Kork. Es knallte nicht, es gab einen leicht pluppenden Laut, eine helle Schaumkrone stob aus dem Flaschenhals.

»Gekonnt wie immer, siehst du, du bist doch eine Könnerin.«

Anna lachte mit. »Ich kann alles – wenn ich will.« Sie sah sich suchend um, griff vom Boden eins der Marmeladengläser, die ich für Farben und Pinsel sammelte, goß den Sekt hinein, bis er überschäumte. Sie trank das Glas leer, ohne abzusetzen, füllte es neu, reichte es mir. »Auf einen neuen Anfang!«

»Immer schön langsam«, sagte ich und schlürfte den lauwarmen Sekt.

»Es geht nur schnell«, sagte Anna. Sie kippte das zweite Marmeladenglas in sich hinein und rief entschlossen: »Gleich morgen rufe ich alle Kliniken an! Bevor Udo wegfährt, habe ich eine Stelle – der wird sich noch wundern!« Sie schob die verrutschte Hortensie energisch hinter das Ohr zurück. »Und wenn er bei seinem Überlebenstraining ist, fahre ich ein paar

Tage allein weg... vielleicht.« Annas Wangen glühten, die Augen sprühten Trotz.

Auch ich kippte den Sekt inzwischen wie Limonade. »Vielleicht? Ach Anna, du immer mit deinem ›Vielleicht‹!«

Anna sah erschrocken auf ihre Armbanduhr, hektisch zog sie sich das fliederfarbene T-Shirt über. »Vielleicht... werdet ihr euch alle noch wundern.«

»Hoffentlich!« Ich gab Anna einen Kuß.

Sie stürmte nach draußen. »Verdammt, wie soll ich das nur schaffen. Udo ist an pünktliches Essen gewöhnt und die Kinder auch!« Sie griff ihr Rad. »Dank dir für den Sekt und die Aufmunterung.«

»Als Modell mußt du aber mehr Zeit mitbringen!« rief ich ihr hinterher. Anna winkte, ohne sich umzudrehen, ihre Konzentration galt dem Feldweg, den sie in wilden Schlangenlinien durchquerte.

4

Kurz darauf saß auch ich auf dem Rad, fuhr schnurgerade auf mein Ziel, auf Dietrich zu. Er stand auf der Straße vor dem Haus und unterhielt sich mit Herrn Fehlhaber.

Dietrich musterte mich strafend. »Wo kommst du jetzt noch her?«

Der Sekt brauste in meinem Kopf. »Von meinem Liebhaber!« Ich kicherte unseren Nachbarn an. Herr Fehlhaber verzog seinen Mund zu einem hilflosen Lächeln.

»Meine Frau arbeitet zuviel«, entschuldigte sich Dietrich. »Sie sitzt bis zum Abend im Atelier...« Er hüstelte und reichte dem Nachbarn steif die Hand. Locker trug ich mein Rad in den Keller.

Es war nicht der warme Sommerabend, der die Luft so schwer und stickig machte. Dietrich stampfte durch die Wohnung. »Peinlich ist das – meine eigene Frau angetrunken auf dem Rad, und das am späten Abend!«

Gereizt warf ich mich auf die Couch, die Sandaletten flogen in die Ecke. Er zetert wie seine Mutter, dachte ich, er wird ihr immer ähnlicher. Ich schob meine nackten, staubigen Füße ins Bücherregal, genau zwischen Dietrichs Atlanten und Fachliteratur. Ich wußte, wie sehr er das haßte.

Kampfbereit sah ich ihn an. »Was ist los, was regst du dich so auf? Es ist gerade zwanzig Uhr, und deine eigene Frau ist nicht angetrunken, sie ist ein wenig beschwipst – außerdem besser abends auf dem Rad als morgens allein im Auto.«

»Reiz mich nicht«, schnaubte Dietrich, »und nimm die Füße aus meinen Büchern.« Er rannte in die Küche und begann, den Geschirrspüler auszuräumen.

Er ist ein Kopfmensch, dachte ich, nie wirft er einen Teller gegen die Wand. Insgeheim bewunderte ich Männer, die in spontaner Wut bereit waren, ihr schönstes Bierglas zu opfern. Dietrich war es nicht. Resigniert zog ich die Füße aus dem Regal und pfriemelte Grasreste zwischen den Zehen heraus.

Plötzlich stand Dietrich vor mir, einen leeren Joghurtbecher in der einen Hand, eine leere Zahnpastatube in der anderen. »Kommst du bitte mal mit in die Küche?«

Ich folgte ahnungslos. Er wird dich jetzt in den Arm nehmen und sich entschuldigen, dachte ich gerührt. Aber Dietrich hielt mir den Joghurtbecher vor die Nase. »Was ist das?«

»Ein Joghurtbecher!« sagte ich. »Ein leerer Joghurtbecher Himbeer-Sahne.«

»Genau«, sagte Dietrich, »ein leerer Joghurtbecher Himbeer-Sahne, den ich im normalen Müll gefunden habe!«

»Gesucht«, sagte ich und lächelte so liebenswert wie möglich.

»Reiz mich nicht schon wieder!« schrie Dietrich, dann beherrschter gereizt: »Und wo, bitte, gehört der leere Joghurt-Himbeer-Sahne-Becher hin?«

»Hör auf«, sagte ich.

»In den gelben Sack gehört er!« Er schüttelte hysterisch die ausgedrückte Zahnpastatube und den Becher vor meiner Nase. »Sag mal, hast du Stroh im Kopf? Wie oft hab ich dir das schon beizubringen versucht, du willst wohl im Umweltmüll ersticken!« Fanatisch sah er mich an. »Du verachtest den ›grünen Punkt‹!«

»Und du bist kleinkariert!« schrie ich. »Vor ein paar Jahren hast du selbst noch das ganze Dreckszeug, das jetzt verboten ist, hergestellt... in deiner Drecksfabrik!«

»Aber ich bin lernfähig«, eiferte Dietrich weiter, »im Gegensatz zu dir. Wer kriegt denn dauernd die Allergien? Du hustest beim Bügeln...«

»Warum bügelst du denn nicht?« fauchte ich.

»Ich streiche die Fensterrahmen oder den Balkon. Aber wenn du Farbe riechst, bleibt dir gleich die Luft weg.«

Ich ging ins Bad und drehte den Hahn über der Wanne weit auf. Dietrichs Wortschwall erstickte. Ich legte mich in das heiße Wasser, es entspannte wunderbar, machte lebendig und einen klaren Kopf. Den brauchte ich jetzt. Was war nur los mit mir? Wieso hatte ich es so weit kommen lassen? Ich haßte Streit, war stets diejenige, die vermittelte, beruhigte und schluckte. Henning und Steffi warfen mir immer Harmoniesucht vor. Schade, daß sie eben nicht Zeugen meiner starken Stunde geworden waren. Das Wort ›konfliktscheu‹ würde nicht mehr über ihre Lippen rutschen.

Selbstsicher stieg ich aus der Wanne, und sehr selbstsicher zog ich das weite Leinenhemd an, dieses, wie Dietrich fand, grauenhafte, gefühlstötende Walleschlampermüsligewand. Ich bereitete das Abendbrot, Dietrich wartete hinter seiner Zeitung.

Wir aßen schweigend, saßen wortlos vor der Glotze, stiegen nach zwei Stunden tonlos ins Bett. Ich fühlte mich immer noch unglaublich stark. So eine lange Funkstille hatte ich noch nie durchgehalten. Wir lagen reglos und steif dicht beieinander. Wer hat den kürzeren Atem?

Diesmal war es Dietrich. Er schob seinen Arm unter meinen Kopf. »Vielleicht war ich vorhin ein wenig zu heftig..., aber recht habe ich..., das mußt du doch zugeben. Wenn wir nicht aufpassen, ist unsere Umwelt bald im Arsch. Ja, im Arsch...«, er lachte verkrampft, »dein Arsch faßt sich aber noch sehr umweltfreundlich an.«

»Laß das«, ich schob seine Hand zurück, »ich bin müde, ich habe heute keine Lust.«

Er warf sich abrupt über mich. »Marie-Luise, ich liebe dich... ich brauche dich...« Abwartend sah er mich an. Dann stöhnte er: »Ich kann ohne dich nicht leben!« Seine Hände kneteten

18

meine Brüste, ich hatte die verrückte Vorstellung, er würde leere Joghurtbecher und Zahnpastatuben kneten. Er jagte feurige Küsse über meinen Hals, doch ich sah immer nur gelbe Säcke, große gelbe Plastiksäcke, die vor dem Haus auf die Müllabfuhr warteten.

Seine Hände fuhren emsig zwischen meine Schenkel. Gegen meinen Willen stieg Lust in mir auf. »Du bist hinterfotzig.« Ich streichelte seinen immer noch knackigen Hintern. »Ach Igel«, seufzte ich.

Mein Hirn deformierte ›Igel‹ zu ›Igelit‹, ich war schon wieder beim Kunststoff. Diesmal waren es gelbe, gummiähnliche Plastikschuhe: Sie saßen an meinen Füßen, ich schlitterte mit viel zu großen Igelit-Schuhen über zugefrorene mecklenburgische Seen, überschwemmte Wiesen, an den Beinen kratzten braune Wollstrümpfe, der dunkelblaue Mantel mit weißem Bubikragen eng wie eine Zwangsjacke, lange, dünne Mädchenarme ragten aus den viel zu kurzen Ärmeln, knackendes, knirschendes Eis, berstende Eisränder an dicken Eichenstämmen, Bäume, die ich atemlos umklammerte, wenn der Nachbarjunge Töni mich fangen wollte, das eisig-prickelnde Gefühl an den Schenkeln, und doch so heiß, ganz oben, wo die Kratzstrümpfe und der zu kurze Mantel sich trafen.

»I-gel-lit! Ja, ja, ja!« Ich brauste davon, über mir bäumte sich Dietrich, stolz und gönnerhaft.

5

Ich kam mit meiner Arbeit nicht voran. Dietrichs Gezeter saß mir mehr als erwartet im Herzen. An manchen Tagen hockte ich stundenlang vor einem leeren Blatt. Oft stand ich vor dem Spiegel, betrachtete eingehend Gesicht und Figur. Was ich sah, machte mich nicht froher. Ich fühlte mich mickrig, nicht belastbar, überempfindlich.

»Du mit deiner Überempfindlichkeit.«

Dietrich setzte diesen Satz oft als Trumpf ein, spielte ihn in vielen Varianten durch, meistens hatte er recht.

»Du mit deinem übersteigerten Schuldgefühl.«

Auch das stimmte. Hupte zum Beispiel ein Auto hinter uns, schon fühlte ich mich behupt, betroffen, unsicher, schuldig. Die katholische Kindheit saß mir tief in den Knochen, des Dechants erhobener Zeigefinger – ›ein gutes Gewissen ist ein sanftes Ruhekissen‹ – beunruhigte mich noch mit Fünfzig.

Unruhe steckte in mir. Es kribbelte von den Zehenspitzen bis zu den Haarwurzeln. Vielleicht waren es die Anzeichen des Klimakteriums? Wie ich als Fünfzehnjährige auf die erste Menstruation gelauert hatte, lauerte ich seit einiger Zeit auf diesen berühmten Wechsel. Irgendwann mußte er doch kommen. Fast alle Freundinnen hatten ihn mehr oder weniger schmerzvoll durchlebt, waren daraus mehr oder weniger verändert hervorgekrochen. Manche hatten sich abwartend verschlossen wie eine graue Puppe, um schließlich von allem Übel befreit als Schmetterling neu loszuflattern, mehr oder weniger bunt – manche brachten es nur zum Nachtfalter. Ob das Ergebnis grau oder bunt wurde – auch ich wollte das lästige Übel endlich hinter mich bringen.

Vielleicht fehlten mir also Hormone? Das mußte ich abklären. Schon am nächsten Tag hing ich im Gynäkologenstuhl, den untersuchenden, suchenden Händen ausgeliefert. Ich beobachtete ängstlich jede Gesichtsregung des Arztes – er kannte sich gut aus, seit zwanzig Jahren war ich seine Patientin.

»Noch voll im Saft«, er lachte spitzbübisch, »da ist noch nichts mit Klimakterium.«

Ich wußte nicht, ob ich geschmeichelt oder empört reagieren sollte, entschied mich für ersteres, und während er meine Brüste nach Knoten abtastete, mußte ich nicht an leere Joghurtbecher denken.

Wochenend und Schwiegermutter! Wir saßen am Mittagstisch, zwischen uns Dietrichs Mutter in starrer weißer Popelinbluse, am hochgeschlossenen Kragen die runde Granatbrosche, die schon Dietrichs Urgroßmutter getragen hatte.

»Schmeckt's, Mutti?« fragte Dietrich.

Mutti nickte mit vollem Mund und schaufelte sich erneut den Teller voll, Berge von Sahnegeschnetzeltem. Wie jeden Sonntag sah ich sprachlos zu. Wo sie das alles nur läßt? In ihrem kleinen, hageren Körper mußte ein Monstrum von Magen hausen, der pausenlos verdaute, denn nachmittags konnte Mutti schon wieder mehrere Stück Torte verschlingen, ich mußte ihr wie jeden Sonntag das Rezept erklären, und sie versprach mir wie jeden Sonntag, es sofort nachzukochen.

Und dann erzählte Mutti von früher, von früher, als sie in Ostpreußen das Gut besaßen und als Dietrich noch so ein appetitlicher Lüttjer war.

»Goldene Zeiten«, sagte Mutti, griff die Serviette und tupfte geziert ihren Sahnesaucenmund. »Da war nämlich Frieden.«

»Ich weiß«, sagte ich.

»Woher willst du das wissen?« Sie funkelte mich an.

Ich schwieg und holte den Obstsalat aus dem Kühlschrank. Mutti stocherte mit der Gabel durch die Früchte und schob eine Erdbeere zum Tellerrand. »Die ist faul«, sagte sie.

Es folgte das zeremonielle Serviettenfalten, Dietrich faltete artig mit. Mutti erhob sich. »Wenn du nichts vom Frieden wissen willst, erzähle ich euch nach dem Mittagsschlaf von unserer Flucht! Was haben wir damals alles durchgemacht.«

Dietrich verdrehte die Augen und zog mich auf den Balkon. Seine Mutter brachte uns manchmal eine unverhoffte Nähe, die ich diesmal besonders genoß. Wir nutzten die freie Stunde zum Lesen, kuschelten uns auf dem Balkon eng aneinander, ab und zu ein verständnisinniger Streichler.

Kaffeezeit. Beim dritten Stück Torte – gerade war die Fluchtgeschichte mit der Bäuerin 1945 in Bayern auf ihrem dramatischen Höhepunkt – platzte Dietrich heraus: »Mutti, nächsten Sonntag kommst du am besten nicht, ich bin nämlich nicht da, ich fahre für einige Tage fort… mit Freunden.«

Die Pfirsichtorte pappte in meinem Mund. »Wie bitte?« Ich verschluckte mich. »Was? Mit wem? Wo?« hustete ich.

»Urlaub im Schwarzwald, mit Udo und Bernhard«, sagte Dietrich knapp.

»Etwa Überlebenstraining?« japste ich.

»Seid froh, daß ihr den Krieg überlebt habt.« Dietrichs Mutter schaute uns beleidigt an. »Nie laßt ihr mich zu Ende erzählen.«

Ich hielt mir die Ohren zu. »Ich kann diese Kriegsgeschichten nicht mehr hören, seit Jahren jeden Sonntag dieselben Geschichten, ich werde noch verrückt!«

Aber anstatt, daß ich weiter richtig Dampf abließ, siegte meine Harmoniesucht. »Sei so gut«, ich beugte mich über meine Schwiegermutter, »sei doch bitte so nett, und geh heute schon nach dem Kaffee.« Muttis Mund öffnete sich entgeistert. »Dietrich und ich müssen noch etwas besprechen – allein«, sagte ich.

Immer noch ungläubig schaute sie mich an, dann ein unsicherer Blick zu Dietrich. Der zuckte die Schultern und blickte zur Seite.

Da stand Mutti auf, strich sich Rock und Bluse glatt, rankte sich an ihrem Sohn empor und gab ihm mit gespitzten Lippen einen Kuß, mitten auf seinen erstaunten Mund. »Na denn, mein Lüttjer«, sie tätschelte ihm den Po, »bis in vierzehn Tagen, und erhol dich gut!«

»Danke, Mutti«, stammelte Dietrich.

Muttis flinker schwarzer Blick sprang von Dietrich zu mir, her und hin, durchquerte das Zimmer. »In der Zwischenzeit könnte Marie-Luise ja mal die Wohnung in Ordnung bringen, die Vorhänge waschen…«, angewidert ließ sie ihre Finger über den Rauhputz gleiten, »mein Gott, was habt ihr schmuddelige Wände. Du bist doch Malerin!« Sie musterte mich kühl. Mit trockenen Lippen streifte sie meine Wange, kerzengerade verließ sie die Wohnung.

Dietrich löste sich aus seiner Erstarrung. »Ich hätte sie wenigstens zur Tür bringen können.«

»Sie haßt mich«, sagte ich. »Jedenfalls schafft sie es immer wieder, das Klischee der bösen Schwiegermutter zu erfüllen. Ich habe ihr den Sohn geraubt.«

»Du mit deiner Überempfindlichkeit!«

»Was heißt hier Überempfindlichkeit? Gerade habe ich ganz nebenbei von dir erfahren, daß du verreisen willst… Kannst du mir das mal erklären?«

»Da gibt es nichts zu erklären«, sagte Dietrich. Er ging in die Küche und räumte den Geschirrspüler ein.

»So?« schrie ich. »Nicht mit mir!« Ich riß ihm den Meißner Kuchenteller aus der Hand und schmetterte ihn auf die Küchenfliesen.

6

Flirrende Julihitze. Das Wartezimmer war gepreßt voll, die Luft zum Schneiden, sie staute sich in dem kleinen Raum. Jeder, vom schniefenden Kleinkind bis zum krächzenden Greis, hatte etwas im Hals oder in der Nase. Oder in den Ohren wie ich.

Seit letzten Sonntag war alles wie in Watte verpackt. Kurz nachdem ich den Kuchenteller geopfert hatte, war mir speiübel geworden. Das linke Ohr hatte zu sausen und zu pfeifen begonnen, das Geräusch steigerte sich zum Dröhnen. Schwindelig und wirr war ich in Dietrichs Arme gesackt. »Hörsturz«, hatte Dietrich diagnostiziert, mich ins Auto gepackt und zum Notarzt gefahren.

»Das ist jetzt modern«, hatte der Notarzt getröstet, mir durchblutungsfördernde Pillen verordnet, »obwohl – die helfen meistens auch nicht.« Er hatte noch irgend etwas von Placebo-Präparaten und Infusionen erzählt und von einem Krankenhausaufenthalt abgeraten. Wir lösten in der Notdienstapotheke das Rezept ein, ich schluckte die Pillen sofort. Obwohl ich daran glauben wollte, halfen sie nicht.

Tagelang quälte ich mich mit dem dröhnenden Ohr und war schließlich auf Annas Rat nach Frankfurt gefahren.

»Ein bekannter Spezialist, ein guter alter Freund von Udo«, hatte Anna gesagt, »Eugen kriegt alles in den Griff.«

»Gute Idee«, fand Dietrich und war sehr beruhigt.

Er hatte sich schnell von der ersten Besorgtheit erholt und wieder in seine Reisepläne vertieft. Er müsse einfach mal weg von der Familie, zu sich selbst finden, am besten in einer Männergruppe. Ich erinnerte ihn an Karls Lanzarote-Reise und daran, daß sich Christa und Karl seit diesem Befreiungsakt immer mehr auseinanderlebten.

»Wieso?« fragte Dietrich. »Christa und Karl erzählen das Gegenteil.«

In zwei Tagen würde Dietrich abreisen, irgendwo im Schwarzwald abtauchen mit Schlafsack und Regenplane. Ich war gekränkt.

Anna dagegen gab sich betont locker, schien ihrem Udo die Selbsterfahrung zu gönnen. Alles Gejammer und alle eigenen beruflichen Vorsätze waren vergessen. »Ich habe zur Zeit andere Dinge im Kopf«, sagte sie vieldeutig.

Gegenüber popelte ein älterer Mann sein Hörgerät aus dem Ohr, klopfte mit hageren Fingern nervös darauf herum, stopfte es wieder zurück in die Ohrmuschel. Ich musterte ihn erschreckt: Sicher kaum älter als du.

Mein linkes Ohr pfiff. Besorgt blickte ich aus dem Fenster. Tauben spazierten zierlich auf dem Dach des Nachbarhauses, hüpften geschickt über Schindeln, Dachrinnen und Simse, stritten mit lärmenden Spatzen um Brotkrumen, die eine welke Frauenhand aus dem Fenster wedelte. Ein gutes Motiv, dachte ich, die welke Hand mit den Vögeln. Ich mußte unbedingt wieder arbeiten, malen. Wenn ich auch ewig unbekannt bliebe, so hatte ich immerhin in einigen Monaten meine eigene Ausstellung. Ein Spatz pickte jetzt Krumen aus der Hand. ›Lieber ein Dietrich im Überlebenstraining als gar kein Dietrich.‹

Meine Güte, was schrillte das Ohr. Sicher waren noch sieben Patienten vor mir dran. Ich griff in den Zeitschriftenstapel. Obenauf lag ein Merkblatt: »Hör- und Tinitusgeschädigte treffen sich jeden Mittwochabend um 19.30 Uhr im Bürgersaal. Anschließend gemütliches Beisammensein…«

Langsam wurde ich hysterisch. Du mußt dich ablenken, sagte ich mir. Los, lies etwas!

Eine Frauenillustrierte wollte schon auf der Titelseite wissen: »Seitensprünge steigern die Lust in der Ehe. Schweigen und genießen.« Verbotenes reizt die Libido, las ich, besonders den Urlaub soll man nutzen, der Partner bleibt verschont und muß nicht zusehen und leiden…

Urlaub… Wenn Dietrich statt mit Udo und Bernhard nun heimlich mit einer Geliebten verreist? pfiff es mir durch den Kopf. Auf diese Idee war ich noch gar nicht gekommen. War er deshalb in letzter Zeit so schwierig, brauchte er deshalb dauernd das Auto und soviel Zeit für sich? Na klar, nur deshalb meckert er soviel an mir herum. Er wird diese zehn langen Tage und Nächte mit einer fremden Frau, mit einer üppigen Rothaarigen genießen und anschließend tolerant schweigen.

»Frau Mechlenburg!« tönte es aus der Sprechanlage.
»Ja, hier!« Hektisch fuhr ich aus dem modischen Gestühl.
»Frau Mechlenburg?« Eine rothaarige junge Arzthelferin zeigte mir den Weg ins Sprechzimmer. Ausgerechnet rothaarig! Ich musterte sie voller Argwohn, hatte ich sie nicht schon mal gesehen? Vielleicht bei Anna? Sie wies mich auf den Untersuchungsstuhl, legte meine Karteikarte mit gezierter Handbewegung auf ein Glastischchen. Rotlackierte Krallen – ha! Und dieser viel zu breit übermalte Mund, diese halsbrecherisch hohen Stöckel und das Arschgewackel bei jedem Schritt. Wütend beobachtete ich sie. Auf so etwas fliegen die Männer, auf so etwas fliegt Dietrich. Verbittert zogen sich meine Lippen zusammen.
»Mein Gott, was sehen Sie wieder trübsinnig aus.«
Ich zuckte zusammen. Das hatte ich schon mal gehört. Vor mir stand dieser riesige Mensch, der dieselben schmeichelhaften Worte schon zu Annas Geburtstag von sich gegeben hatte.
»Das gibt's doch nicht!« Ich sprang auf. »Jetzt sagen Sie bloß noch, daß ich frisch geschieden bin oder zumindest getrennt lebe…, hab ich das richtig behalten?« Ich fuchtelte mit den Händen vor seinem Gesicht herum.
Udos Freund Eugen drückte mich sanft, aber bestimmt auf den Stuhl zurück. »Sie haben die Neuorientierung und die Provinz vergessen. Tut mir leid, aber Sie sehen sehr hübsch aus in Ihrer Wut. Was fehlt Ihnen denn, wo drückt der Schuh?«
»Das Ohr«, stotterte ich.
»Na denn mal schön der Reihe nach, keine Angst vor dem Gerät.« Sein riesiger Körper bäumte sich plötzlich vor Lachen. »Pardon, aber vorhin hat eine Patientin gefragt: Herr Doktor, stecken Sie mir jetzt wieder Ihr großes Ding in den Hals? Das muß ich Udo erzählen…«
Meine Hände verkrampften sich auf der Stuhllehne. »Das finde ich gar nicht komisch, die Frau hatte sicher Angst.«
»So sah sie eigentlich nicht aus«, sagte Eugen und leuchtete meine Nasengänge aus. Dann packte er mit Daumen und Zeigefinger meine Zungenspitze, zerrte daran herum. »Und jetzt sagen wir mal brav ›hiih‹!«

Ich stieß ihn von mir. »Ich habe nichts im Hals. Ich hatte vor fünf Tagen einen Hörsturz!«

»Schick«, sagte Eugen und ordnete ein Audiogramm an.

Die Rothaarige steckte mich in eine Kammer, stülpte mir Kopfhörer über, ich mußte mich statt auf Nagellack und Stöckel auf hohe und tiefe Töne konzentrieren.

Das Resultat war das gleiche wie bei der ersten Untersuchung.

»Wollen Sie es mit Infusionen in der Klinik probieren?« Eugen saß locker mit gegrätschten Beinen vor mir.

»Nein«, wehrte ich ab, »das soll doch gar nichts helfen.«

»Stimmt«, sagte Eugen. Seine langen Oberschenkel packten plötzlich zu, ich saß in einer festen Zange.

Blitzartig schossen mir Bilder durchs Hirn: Das Getratsche irgendeiner Freundin, die von irgendeinem Orthopäden in der Umkleidekabine irgendeines Röntgenraumes verführt worden sein wollte. Angeblich hatte sie das so genossen, daß sie seitdem regelmäßig durch den Wald joggte, damit ihre Gelenke behandlungsbedürftig blieben.

»Wenn Sie lächeln, sehen Sie zauberhaft aus.« Eugen drückte noch mal kräftig zu.

»Wieso lächeln?« Wütend arbeitete ich mich aus seiner Schenkelzange.

»Lächeln ist gesund.« Eugen hielt mir grinsend die Hand entgegen. Meine Hand verschwand in seiner, er hielt sie einfach fest. Ich sah in sein ebenmäßiges, dauergebräuntes Gesicht, die hellen wäßrigblauen Augen, das kurze blonde Haar, das sich in der Mitte deutlich lichtete. Ein Solariumanbeter, ein Tennisplatzhechter, diese übertrieben elastischen Bewegungen – gar nicht mein Typ.

»Also«, er hielt meine Hand immer noch fest, »die Gehörschwäche entspricht Ihrem Alter, die Zellen sterben allmählich ab. Dann nehmen Sie mal schön Ihre Tabletten weiter, oder lassen Sie es. Irgendwann hört dieser unangenehme Ton auf, das heißt, das Gehirn funktioniert ihn um, man nimmt ihn dann kaum noch wahr.« Jetzt legte er die andere Hand auf meine Schulter. »Vermeiden Sie Reizüberflutung, Sie brauchen Ruhe, gehen Sie viel spazieren, lenken Sie sich mit angenehmen Dingen ab – Kino, Theater, Konzert.«

26

Ich entriß ihm meine Hand. »Ich brauche keine Ablenkung! Ich ersticke in Arbeit!«

Überrascht sah er mich an. »Das hätte ich nicht gedacht, so wie Sie...«

»...aussehen?« Ich stürmte hinaus.

7

In einem Straßencafé versuchte ich mein Gleichgewicht wiederzufinden. Großstadt, Reizüberflutung – gerade das genoß ich. Ich lehnte mich in den Bistrostuhl zurück, spürte immer noch den Schenkeldruck dieses Eugen. Um mich herum strudelten Menschen, Sprachfetzen vieler Nationen nahm mein zischendes Ohr immerhin wahr. Was hatte Udos Freund von ›Hörschwäche, dem Alter angemessen‹ gesagt, von ›Zellenabsterben‹? Eine Unverschämtheit! ›Noch voll im Saft‹ hatte ich vor zwei Wochen vom Gynäkologen bescheinigt bekommen. Ich kippte mein Bitter Lemon. So schnell gebe ich nicht auf!

Mir gegenüber saß ein nicht uninteressanter Mann, sicher zehn Jahre jünger. In schöner Regelmäßigkeit schoß er einen Halbsekundenblick über den Zeitungsrand, traf mich jedesmal voll, kühn schoß ich zurück, feuerte geradezu. Ha, wie das noch funktionierte! Ich zahlte, schoß nochmals im Fortgehen den Blick aller Blicke – der nicht uninteressante Mann blieb ungerührt sitzen.

Vor einem Schaufenster stabilisierte ich mein angekratztes Ich. Anständige Männer bleiben sitzen, lassen sich nicht anmachen... Nicht von einer Fünfzigjährigen, sagte mir der Verstand. Ich bekam dieses Ziehen um den Mund und stieg in die U-Bahn. Dietrich hatte mal wieder das Auto. Meine Lippen schnurrten zusammen und lockerten sich auch nicht im Bummelzug Richtung Provinz.

Noch an demselben Abend vermißte ich meine Lesebrille. Vergessen, verloren, verluscht? Mir fehlte jegliches Erinnerungsvermögen, wo ich sie das letzte Mal benutzt haben könnte. Augen,

Hirn, Gehör, alles stirbt ab, die Fähigkeit zum Flirt, zur Liebe. Und der Mann geht auf Abenteuerreise. Herrliche Aussichten waren das. Deprimiert versuchte ich das Fernsehprogramm zu entziffern.

Dietrich wuselte pfeifend durch die Wohnung. Bei ihm schien sich alles neu aufzubauen. Er zeigte eine schon lange vergessene Freude an kleinen Alltäglichkeiten. »Wie praktisch doch eine Kaffeemaschine ist«, jubelte er. »Wie angenehm, ein frisches Baumwollhemd am Leib zu tragen.« Seine Hände liebkosten bei jeder sich bietenden Gelegenheit unseren Kater Fritz – viel zu leidenschaftlich, fand ich.

Matt sah ich zu, wie er hin und her eilte, seine Sachen ordnete, immer wieder den Schlafsack überprüfte, in dem er sogar eine Nacht auf dem Fußboden probegeschlafen hatte. Ich sah die Unruhe in seinen Augen, das Jungenhafte, das stets etwas mit schlechtem Gewissen zu tun hatte und das ich so liebte – lange hatte ich es vermißt. Nun war es wieder da, unpassender konnte es nicht kommen.

Am Tag vor der Abreise wurde er fahrig, schien völlig abwesend. Er wird dich betrügen, schrillte und warnte mein Ohr. Marie-Luise, unternimm was! Doch mir fehlte die Kraft. Laß ihn fahren dahin, sagten meine sterbenden Zellen, nur leise protestierte der Saft.

Am Abfahrtsmorgen standen wir zu sechst auf dem Bahnsteig. Fünf Uhr dreißig ging der Zug. Der Zeiger der Bahnhofsuhr sprang die Minuten ab.

Anna und Petra fummelten pausenlos an Udo und Bernhard herum, wie Mütter es mit ihren Kindern vor einer Klassenfahrt tun. »Erkälte dir nicht die Blase«, zwitscherte Anna. Sie zerrte Udos Pullover in die Länge, als ob sie mit dieser Geste alles Übel von ihm fernhalten könnte. Petra ermahnte Bernhard, er solle an seinen rheumatischen Rücken und die Kniegelenke denken. Bernhard nickte geduldig.

Ich steckte Dietrich den Reiseproviant zu, den er sich mit viel Lamento zusammengestellt und dann doch auf dem Küchentisch liegengelassen hatte. »Vergiß mich nicht«, beschwor ich ihn, »du Vergeßlicher.«

Dietrich sah mich verstört an, und noch beim Abschiedskuß aus dem Zugfenster hatten seine Augen sich nicht erholt.

Ich hatte Annas Lockungen zu einem Frühstück im Garten widerstanden, war direkt vom Bahnhof in mein Glashaus gefahren, um die kühlen Morgenstunden zur Arbeit zu nutzen. Ich skizzierte die welke Frauenhand mit den Spatzen und Tauben, arbeitete vier Stunden verbissen. Das Ergebnis war niederschmetternd. Das brachte jeder Schüler aufs Papier. Ich sollte die Malerei aufgeben.

Ich kochte mir einen Kaffee und fraß zwei Tafeln Schokolade. Kein Genuß stellte sich ein, geschweige denn Erotik. Matt hingen die Pflanzen in der Julisonne. Ich goß sie und köpfte zum Schluß eine Hortensie. Es schmerzte, und ich genoß diesen Schmerz. Ich nahm die Geköpfte mit heim und gönnte ihr einen Platz auf dem Balkon. Dann legte ich mich in die Badewanne. Irgendwann holte mich das Schrillen des Telefons aus dem Wasser.

Steffi machte artig ihren Sonntagsanruf. »He, Ma, wie geht's? Was macht Pa?«

»Überlebenstraining«, sagte ich.

»Na, ihr seid ja gut drauf.« Steffi lachte exaltiert. Sicher hing sie während ihrer telefonischen Pflichtübung gerade an einer haarigen Männerbrust. Steffi fand nur haarige Männer sexy.

»Wie geht es dir, was macht die Ausbildung?« fragte ich. »Und was treibst du überhaupt, zum Beispiel heute? Ist es in München auch so heiß?«

»Alles super, total super, ihr braucht euch nicht zu sorgen. Du, Ma, entschuldige, ich muß jetzt unbedingt Schluß machen...« Das monotone Freizeichen vermischte sich mit dem Pfeifton in meinem Ohr.

Ich hatte plötzlich Sehnsucht nach Henning, wählte die Leipziger Nummer. Irgendein männliches Wesen aus seiner Sieben-Personen-WG verkündete, daß Henning dieses Wochenende in Dresden sei.

Nun gut. Ich war allein. Damit mußte ich mich abfinden. Zum Lesen fehlte mir die Ruhe, so nutzte ich die innere Hektik zum Aufräumen, stapelte Zeitungen, füllte den Geschirrspüler – das tat sonst Dietrich. Ach Igel!

Meine Angst und Hektik steigerten sich. Schließlich rief ich Anna an. »Gilt deine Einladung noch?«

»Ja, weißt du..., die Zwillinge sind im Schwimmbad..., weißt du...« Anna suchte nach Worten. »Eigentlich wollte ich Erdbeer- und Johannisbeermarmelade kochen. Komm besser morgen...«

»Ich brauch dich aber, ich...« Anna hatte den Hörer schon aufgelegt. Wenn sie Marmelade kocht, dachte ich, kann man sich doch wunderbar dabei unterhalten. Küchengespräche haben Atmosphäre, können ertragreich sein.

Entschlossen schlüpfte ich in ein weites Hemd und Radlerhosen, setzte mich dann aber ins Auto und knatterte los, umweltfeindlich.

Die Haustür war angelehnt, keine von Küchendämpfen erhitzte Anna war zu entdecken. Ich ging in den Garten. Dort bot sich mir ein unerwartetes Bild: Anna saß in schwarzem Seidenhemdchen und Slip mit geschlossenen Augen auf Udos Rasen, vor ihr kniete Karl, seine Lippen waren gerade dabei, Annas weichen, rosigen Arm zu erobern, ganz behutsam, von unten nach oben. Sprachlos sah ich zu, konnte mich nicht lösen. Jetzt streiften die Lippen den schmalen Hemdträger ab, sehr routiniert. Anna seufzte heftig, Karls Eroberungsfeldzug schien erfolgreich. Mit wildem Gestöhn warfen die beiden sich der Länge nach hin, breiteten sich aus, walzten den Rasen nieder – Udos irischen Rasen!

Beschämt und verwirrt schlich ich mich aus dem Garten. Während der ganzen Rückfahrt hatte ich Karl und Anna vor Augen. Karl und Anna, das paßte! Auch der von der Schulter gleitende Träger kam mir vertraut vor. Da hatte ich's: Leonhard Frank! Diese dramatische Geschichte, hieß sie nicht ›Karl und Anna‹? Ich hatte sie als Zwölfjährige heimlich nachts mit der Taschenlampe unter der Bettdecke gelesen und die Stelle, als Karl Anna den Hemdträger über die Schulter schiebt, sicher hundertmal verschlungen. Die Andeutung, daß etwas passieren würde, das ich nicht kannte, hatte damals eine verwirrende Unruhe in mir ausgelöst. Die kleine erotische Geste hatte mich halb ohnmächtig in meine Kissen sinken lassen.

Jetzt kroch die alte, knisternde Unruhe wieder in mir hoch,

nahm von mir Besitz, ich genoß sie. Eine sinnliche Unruhe, weit weg von der vorherigen Hektik.

Rot und heftig hing die Abendsonne über dem Waldrand.

8

Was macht eine unruhige Frau allein am Sonntagabend? Sie sortiert Dias und klebt Fotos ein, Fotos, die schon seit Jahren auf einen Platz im Album warten.

Ich räumte Kartons und Diakästen auf den Eßtisch, holte aus dem Keller einen dunklen italienischen Wein, in Reichweite lächelte die Vollmilch-Sahne. Ich wollte mit System arbeiten, alles nach Jahren, Monaten ordnen – wie Dietrich. Ich packte einen Fotostoß, nahm erst mal einen Schluck Wein, herb machte sich Italien in mir breit. Zu dem Geschmack paßten die Fotos vom letzten Oktober, Bildungsurlaub in der Toskana.

»Sognare – un nuovo amore...« summte ich, ich summte und suchte vergeblich: Nirgends war Italien zu entdecken. Ich schmetterte: »Träumen – von neuer Liebe...«, doch bella Italia blieb verschwunden.

Na gut, man konnte ja auch mit dem letzten Skiurlaub beginnen. Aber keines der Bilder zeigte einen Krümel Schnee. Statt dessen fand ich Fotos von Udos fünfzigstem Geburtstag, Udo inmitten einer Meute Männer, die ihr Geschenk präsentierten: Jeder ein Stück Rasen in der Hand. Ein besonders großer Mensch hielt sein Rasenstück segnend über Udos Haupt. Ich griff zu Dietrichs Lesebrille. Verschwommen erkannte ich Eugen.

Wozu brauchte Dietrich überhaupt eine Lesebrille? Schieres Fensterglas. Seltsam, damals hatte ich Eugen gar nicht wahrgenommen. Hastig griff ich zur Flasche, der Wein hatte etwas. Am Rand des Fotos entdeckte ich Anna durch Dietrichs Fensterglas, neben ihr einen halb abgeschnittenen Mann: Karl. Ob sie schon vor zwei Jahren...? Nein, nein – das hätte sie mir längst erzählt... oder?

Schokolade schmolz an meinem Gaumen.

Wie lange die zwei wohl Udos Rasen malträtiert hatten? So ein

pubertäres Gewälze! Ich spürte ehrlichen Neid, setzte Schaden-
freude obenauf: Vielleicht hatten die Zwillinge sie überrascht.
Ich versuchte erneut, die Männer zu betrachten. Wo nur meine
Brille war? Plötzlich wußte ich es: Nur bei Eugen konnte sie
liegen. Sofort wählte ich seine Nummer. Auf dem Anrufbeantworter der Praxis vermeldete Eugen, daß er ab Montag morgen
wieder zu sprechen sei. Nicht unangenehm, seine Stimme, sogar
angenehm. Ich bestrich Udos Geburtstagsfoto emsig mit Leim.
Eugens Stimme, beschloß ich, hat etwas Erotisches – erotische
Schwingungen...

Kurz können erotische Schwingungen sein, erst recht auf Anruf-
beantwortern. Am nächsten Morgen meldete sich Eugen, nüch-
tern und mit Tempo. »Ja, eine Brille hat man gefunden. Ach, das
ist Ihre? Wie nett. Soll ich die Brille vorbeibringen?«
Schwang da etwas?
»Um Gottes willen«, rief ich, »das ist nicht nötig!«
»Na, dann holen Sie sie hier ab. Wie wär's... heut abend um
neunzehn Uhr, wir könnten noch gemeinsam essen gehen.«
»Aber nur kurz«, sagte ich und legte schwungvoll den Hörer
auf.
Diesmal war das Wartezimmer leer. Die Rothaarige hatte mich
unter kieksendem Gelächter hineinbugsiert, »der Doktor
kommt gleich« herausgepreßt, heftig mit dem Arsch gewackelt,
durch ihre weißen Arbeitshosen schimmerte ein Hauch von Slip.
Was hatte ich heute eigentlich für Unterhosen an? Sicher ein
langweilig weißes, kochfestes Baumwollding. Ich konnte mich
absolut nicht erinnern – diese Vergeßlichkeit. Vielleicht sollte ich
mir mal kurz auf der Toilette Gewißheit holen?
Überhaupt, ich sah an mir hinab, die schlabbrigen Baumwollho-
sen, das riesige T-Shirt, warum hatte ich diesen Aufzug gewählt?
Schlampigkeit, Protest, Angst? Mir war heiß, ich öffnete das
Fenster. Außerdem, protestierte ich, geht es keinen etwas an, was
ich am Leibe trage, drüber oder drunter, das ist ganz allein meine
Sache. Höchstens Dietrich. Ob der wohl jetzt an einem Lager-
feuer hockte? Dietrich, Udo, Bernhard, wichtig lamentierend am
Feuer, einen handgefangenen Hasen oder Fisch in der Glut...
Die Tür wurde aufgestoßen, herein federte Eugen, elastisch, ela-

stisch, mit kreisendem Schwung holte sein Arm aus und versuchte, mir die Brille aufzusetzen. »Paßt«, dröhnte er, »könnte nur etwas flotter sein.«

Ich nahm die Brille ab. »Wie flott sind denn Ihre Hörgeräte?«

»Ungeheuer flott.« Eugen legte den Arm um meine Schulter und schob mich aus der Praxis.

»Schönen Abend, Herr Doktor«, kiekste die Rothaarige.

Wir liefen durch die sommerliche Stadt. Wenn Eugen einen Schritt machte, kostete es mich zwei. Wir tauschten Belanglosigkeiten aus, und ich dachte: Wozu hetzt du mit diesem Mann durch die Straßen, wozu – deine Brille hast du ja. Und da sagte ich auch schon: »Das dauert ja ewig, wo ist denn das Lokal? Ich hab keine Zeit, mein Mann wartet nämlich.«

Eugen blieb stehen. Sein riesiger Handteller massierte die Stirnglatze. »Tja, wenn der Mann wartet...« Seine Augen spritzten Übermut. »Einen Mann darf man nicht warten lassen!«

»Natürlich darf man das«, schnaubte ich, »Mannomann, wo ist das Lokal?«

»Wir stehen davor«, sagte Eugen. Er legte seinen Arm behutsam um meine Taille, bestimmte: »Wir sitzen draußen« und drückte mich auf einen freien Stuhl an einem freien Tisch. Unsicher sah ich mich um. Eitles Schickimicki-Volk, vom bedeckten Banker bis zur schrillen Hausfrau.

»Nicht meine Kragenweite«, murrte ich.

»Meine ist es auch nicht«, Eugen schmunzelte, »aber der italienische Wirt, der weitet nicht nur Kragen, Mund und Magen, sondern auch das Herz.« Er griff meine Hand, und ich ließ sie ihm. Wenn mich jetzt jemand sieht – soll er's doch Dietrich erzählen.

Und Eugens unbekümmerte Fröhlichkeit weitete mein verengtes Herz, die italienische Küche den Magen, der Chianti Riserva die übrigen Sinne. Ich aß nicht, ich fraß, ich soff, ich rülpste und lachte, unfein und laut – und kein Dietrich litt und rief mich zur Ordnung. Und ich erzählte und erzählte, und ich bot ihm das Du an. Als ich Dietrichs Überlebenstraining erwähnte, lachten wir gemein und schadenfroh. Eugen saß weit zurückgelehnt, mit gegrätschten Schenkeln, er beobachtete mich amüsiert, und ich wartete darauf, daß seine Schenkelschere zupacken würde.

Als sie endlich zupackte, war es weit nach Mitternacht. »Ein Vorschlag«, sagte er knapp. »Ich muß für drei Tage zu einem Kongreß nach Tirol.« Er sah mich fast väterlich an. »Komm einfach mit! Dann grämst du dich nicht allein zu Haus. Ein Kurzurlaub mit Wandern und viel Schlaf, die meisten Vorträge interessieren mich nicht.«

Warum ich kopfüber ja sagte, weiß ich nicht. Vielleicht war es Abenteuerlust, vielleicht Neugier, die Zweifel und Ängste wegfegte? »Okay, ich bin dabei.« Zur Willensstärkung stopfte ich hastig alle Brot- und Weinreste in mich hinein.

»Fein«, sagte Eugen und sah etwas überrascht aus. »Fein«, bekräftigte er, winkte dem Ober und bestand darauf, allein zu zahlen.

Aufgeregt genoß ich meinen Mut. Ich genoß die Einladung – »Hundertsiebzig Mark«, flüsterte der Ober –, und ich dachte: Dafür kriegt man ein Paar neue Schuhe.

Plötzlich mußte ich an die kleine, klapprige Milchbar denken, in die Dietrich mich nach unserem ersten Kuß eingeladen hatte: Erdbeer-Shake mit Sahne für eine Mark fünfundsechzig. Dietrich in himmelblauen, hautengen Jeans, eine Schachtel Ernte 23 beulte die Gesäßtasche. Ich in verschossenen Leinenhosen aus Jeansersatzstoff und strahlendweißer Nyltestbluse, spendiert von der Tante aus Wuppertal für neun Mark neunundneunzig. Wir waren sechzehn und küßten uns mit Erdbeersahne-Mündern, und alle weiteren Küsse in all den weiteren Jahren behielten diesen Geschmack.

Der erste Kuß von Eugen schmeckte nicht nach Erdbeeren, auch nicht nach Sahne, er landete direkt und sehr feucht auf meinen Lippen und schmeckte nach nichts. Schade, ich wischte mit dem Handrücken die Feuchtigkeit fort, dabei liebte ich das Küssen. Auch der Himmel mochte es auf einmal feucht. Ein leiser, warmer Regen rieselte herab, wir rannten Hand in Hand durch die nächtlichen Straßen, doppelschrittig stolperte ich hinter Eugen her.

Vor der Praxis stand kein Porsche, auch kein Mercedes Sport, sondern ein uralter, verrosteter Volvo Kombi. Ich hätte Eugen dafür küssen können, aber mir reichte die Regenfeuchte. Und als er mir anbot: »Ich fahr dich schnell nach Haus«, küßte ich ihn auch nicht. Eugen nahm mich prüfend in den Arm. »So triefend kannst du keinen Zug besteigen. Außerdem möchte ich dein Lachen noch genießen.« Er klappte den Kofferraum auf, zog ein Handtuch aus einer Sporttasche hervor.

Tennisplatzhechter, dachte ich und sagte: »Ich kann aber nicht auf Bestellung lachen.« Er rubbelte mein nasses Haar, das Gesicht, den Nacken, er legte einen trockenen Pullover um meine Schultern, fürsorglich, väterlich, mütterlich. Fröstelnd verkroch ich mich in den muffigen, durchgesessenen Polstern. »Ich bin jetzt leergelacht.«

»Macht nichts«, sagte Eugen, »wir haben in den nächsten Tagen Zeit genug.«

Er raste unbeherrscht los, bremste ruckartig, ohne Gefühl – ›sportlich‹ nennen es die Männer.

Nach wenigen Kilometern reagierte mein praller Magen, schob sich langsam nach oben, drohte überzulaufen. »Sofort anhalten, ich muß kotzen!«

Die Bremsen kreischten. Auf dem Randstreifen am Westkreuz verabschiedete ich mich von italienischer Küche und Wein, von achtzig Mark oder einem halben Paar Schuhe. Eugen hielt sich in diskreter Entfernung.

Erleichtert kletterte ich zurück ins Auto. »Besser ins Gras als auf einen Perserteppich.«

Kritisch sah mich Eugen an. »Geht's denn auch besser?«

»Bestens, wie vor vierzig Jahren.«

Er schaute noch kritischer.

Ich mußte lachen. »Schon als Kind habe ich das Autofahren nicht vertragen. Alle paar Kilometer stand ich am Straßenrand und wollte sterben, da halfen auch keine Petersilienbündchen auf der Brust.« Ich wischte mit der Hand die beschlagene Scheibe frei. »Nur einmal wollte ich in Greifswald unbedingt ein halbes Hähnchen verschlingen. ›Das darfst du nur essen, wenn du es drinbehältst‹, hatte mein Vater streng gesagt.«

»Und, hast du es drinbehalten?«

»Hab ich. Sechs Mark fünfzig waren damals viel Geld in der DDR, das kotzt man nicht einfach so aus.«

Eugen schüttelte den Kopf. Ich fror. Die Situation war wenig romantisch. Ich fror und schwieg. Beim Abschied vor dem Haus blieb Eugen immer noch diskret. Ungeküßt stieg ich aus, und ich konnte ihn verstehen.

9

Was machen Männer oder Frauen, wenn sie etwas vorhaben und es nicht preisgeben wollen? Sie verstricken sich in Halbwahrheiten, in Ausreden, sie flunkern sich was zurecht. So machte ich es jedenfalls. Der Nachbarin gab ich die Wohnungsschlüssel mit der Bitte, doch drei Tage die Blumen auf dem Balkon mit Wasser und Kater Fritz mit Futter zu versorgen. Ich müsse zu einer Tagung nach Tirol – immerhin halbwahr. Steffi und Henning belog ich durchs Telefon, ich wolle mit Kollegen zu einer wichtigen Ausstellung fahren. Mein schlechtes Gewissen bohrte, Schuldgefühle wuchsen, das Ohr schrillte – am Abend zuvor hatte ich es gar nicht bemerkt.

Nur Anna bekam die Wahrheit serviert. Irgend jemand mußte sie ja für den Notfall kennen. Anna verschluckte sich vor Lachen. »Mit allem hätte ich gerechnet, aber daß du und Eugen... Ihr paßt überhaupt nicht zusammen.«

»Aber du und Karl auf Udos Rasen, das paßt zusammen?«

»Huch, wie giftig!« Anna lachte und lachte. »Wie meinst du das denn?«

»Ich hab euch beobachtet«, sagte ich, »am Sonntagabend.«

»Ja und? Was gab's da Weltbewegendes zu sehen?«

»Fleischbewegendes«, giftete ich weiter.

»Das bißchen Geknutsche, was bist du prüde! Übrigens..., Karl kann rasend gut küssen!«

»Wie eine gesengte Sau?«

»Genau! Ich glaube«, sagte Anna plötzlich ernsthaft, »Männer unter fünfzig küssen anders... mit mehr Feuer.«

»Wie alt ist denn Karl?« fragte ich.

»Neunundvierzig!«

Jetzt lachten wir beide.

»Weißt du, was ich noch glaube?« sagte Anna. »Du willst den

Dietrich nur bestrafen! Du machst das aus Protest. Aber vielleicht brauchst du das auch, ich meine..., so drei Tage wandern und viel Schlaf...«

»Mehr habe ich wirklich nicht vor.« Schon wieder bohrte mein Gewissen. »Also, du weißt, wo ich stecke.«

»Auf mich ist Verlaß.« Anna wirkte ehrlich, auch als sie hinterherschob: »Das mit Karl war wirklich harmlos.«

Ich begann konfus zu packen, räumte meine Reisetasche ein und aus: Badeanzug besser als Bikini? Jeans, T-Shirts. Schlafanzug besser als Nachthemd? Das neue Kleid und die rasenmordenden Pumps von Annas Geburtstag, mittelverwegene Unterwäsche – wozu machte ich mir überhaupt so viele Gedanken? Obenauf Turnschuhe und Mal-Utensilien. Gerädert sackte ich ins Bett, suchte Beruhigung in Dietrichs Kopfkissen, blieb jedoch schlaflos fast die ganze, lange Nacht.

Eugen stand am nächsten Morgen pünktlich vor dem Haus. Ich hastete mit Reisetasche und zugeschnürtem, leerem Magen auf die Straße und hatte das feste Gefühl, daß alle Hausbewohner und Nachbarn zuschauten. Zum Glück küßte mich Eugen nicht, jedenfalls nicht auf den Mund.

Verkrampft rutschte ich auf harte schwarze Lederpolster. Es war ein Mercedes! Alles roch ekelhaft neu, und ich sagte auch gleich, daß ich den alten Volvo viel sympathischer gefunden hätte und ein Mercedes spießig sei. Ich fühlte mich mies, wollte am liebsten zurück auf Dietrichs Kopfkissen.

Eugen lächelte nachsichtig. »Du hast mal wieder recht«, sagte er, »aber dieser Spießer ist einfach viel schneller.«

»Ein tolles Argument. Mit deiner Raserei machst du alles kaputt, den Wald und die Luft!« Ich sprach mit den Händen und konnte mich gerade noch bremsen, Dietrichs Umweltschrei: ›Du verachtest den grünen Punkt!‹ zu wiederholen. Echauffiert sank ich zurück ins stinkende Leder. »Wie lange rasen wir denn?«

»Vier bis fünf Stunden, wenn wir Glück haben. Komm, reg dich nicht auf«, Eugen strich mir das Haar hinters Ohr, »das bekommt dir nicht. Was macht überhaupt das Hörstürzchen?«

Ich schüttelte die Haare. »Ganz schön schrill.«

»Guck mal!« Eugen griff hinter sich und zog einen Korb von den

Rücksitzen. »Ich könnte mir denken, daß du noch gar nicht ge-
frühstückt hast.« Er stellte den Korb auf meinen Schoß. Eine
Thermoskanne lachte mich an, frische Brötchen schoben mir ihren Duft in die Nase, daneben lockte Obst.
Der nächste Parkplatz gehörte uns. Bergstraßenpanorama, eine
Bank in der Sonne, ich schlürfte heißen Kaffee, verschlang drei
knusprige Brötchen, war zufrieden. Vollmilch-Sahne-Gefühl!
Vielleicht werden die Tage doch ganz nett? Vielleicht kann er
auch anders küssen, feurig wie Karl?
Die Fahrt wurde kurzweilig. Wir lachten viel. Eugen berichtete
farbig von Kindheit, Schul- und Studienzeit und von der Part-
nerschaft, siebzehn Jahre ohne Kinder und Trauschein. »Ich
glaube, das geht jetzt zu Ende.«
»Wir hatten letztes Jahr Silberhochzeit«, sagte ich.
»Schick«, sagte Eugen.
»Neidisch?«
»Keine Sorge!« Er lachte. »Erzähl, du bist dran!«
»Meinetwegen.« Ich schloß die Augen. »Damit du endlich lang-
samer fährst, erzähle ich dir erst mal eine Kotzgeschichte. Eigentlich ist es ja eine Liebesgeschichte... Gedulde dich, ich muß
sie noch etwas sortieren.«
Meine Gedanken liefen mehr als dreißig Jahre zurück. Dietrich
und ich als stolze Abiturienten mit den Rädern zur Ostsee unterwegs. Der Zeltplatz in Prerow, ein winziges Militärzelt ohne
Boden, das im Regen absoff. Zu zweit auf einer einzigen, schmalen Luftmatratze. In Trainingsanzüge eingeschlossen, drängten
wir uns aneinander und küßten uns nächtelang – erdbeersahneshakig. Tags lagen wir am Strand, ließen den weißen, mehligen
Sand durch die Finger rieseln, vertrauten nur uns und dem ewig
schlappenden Meer, die Zukunft war ungewiß, lag weit entfernt
im Irgendwo.
»Hör zu«, sagte ich, »Dietrich und ich an der Ostsee, an einem
Samstagabend, im Kurhaus war Tanz, Sommer 1960, wir rockten
uns die Gelenke locker und wurden sofort zur Ordnung geru-
fen: Auseinandertanzen war damals verboten! Stell dir vor, wir
mußten von der Tanzfläche, was hatten wir für eine Wut! Darauf
tranken wir zwei Flaschen bonbonsüßen Tokayer und Zitronen-
flips, die uns ein Journalist aus Berlin an der Bar spendierte.«

»Bis zum Kotzen?« fragte Eugen und lachte.

»Wart's ab. Wir landeten bei unserem Spender, der sich mit seiner Platinblonden in einer vollgestopften, niedrigen Friesenpuppenstube einquartiert hatte. Dort tranken wir weiter Bier und ungarischen Wein, palaverten über die Vorteile von Kapitalismus und Kommunismus, der Realsozialismus war uns viel zu farblos, über Literatur, Brecht, Böll, Lenz, Becher – den nannten wir Johannes Erbrecher, aber kotzen wollte ich seinetwegen nicht. Und im Morgengrauen wurde mir dann hundeelend. Ich wankte auf den Hof, fand eine Holzhütte mit Balken, doch der teure Alkohol blieb einfach drin wie früher in Greifswald das halbe Hähnchen. Dann bin ich eingeschlafen.«

Eugen betrommelte grinsend sein ledernes Lenkrad. »Und weiter?«

»Ich wachte auf mit tauben Armen und Beinen, nackt auf dem Donnerbalken.«

»Nackt?«

»Ich bin ein ordentliches Kind, vor dem Schlafen ziehe ich mich aus. Also – ich torkelte zurück ins Haus. Die anderen hatten mich gar nicht vermißt, sie hockten im Friesenzimmer und lauschten mit glasigen Augen einer Elvis-Schnulze. Und weil ich so ein ordentliches Kind bin, wollte ich mich noch waschen, fand auch die Küche und versuchte, meine Beine in das gußeiserne Waschbecken zu balancieren. Um es kurz zu machen: Ich verlor das Gleichgewicht und landete mit dem Hintern in einem Eimer frisch geernteter Johannisbeeren.«

»Und dann hast du endlich gekotzt?«

»Nö, ich saß erst mal da, angenehm gepolstert, rot und weich, und weil ich so schwer rauskam aus dem Eimer, hab ich noch ein bißchen drin geschlafen. Übrigens, die Johannisbeeren wurden am nächsten Tag eingemacht. Ich schwör's! Aber das Wichtigste an der ganzen Geschichte: Als ich am nächsten Tag endlich ins Kotzen kam und das bis zum Abend trieb, stundenlang, da stand einer immer tapfer neben mir: Dietrich! Sogar auf der Kurpromenade hielt er meine Stirn, er ekelte sich nicht, er schämte sich nicht, ich war so beeindruckt, daß ich sofort beschloß: Diesen Mann heiratest du, sonst keinen.«

»Und jetzt hält er dir seit fünfundzwanzig Jahren die Stirn?«

»Über dreißig Jahre ist das her…«

»Über dreißig Jahre! Und ich hab dir gestern nicht ein einziges Mal die Stirn gehalten!«

Der Schwarzwald zeigte seine dunkelgrünen Bergketten, die Autobahn wurde immer voller. Mein Magen hielt trotz Eugens Brems- und Überholmanövern erstaunlich die Balance. »Hörstürzchen«, sagte Eugen beim nächsten Gasgeben, »da hast du ja damals ganz aufregend gelebt!«

»Aufregend wurde es erst noch. Am letzten Abend an der Ostsee erzählte mir Dietrich von seinen Fluchtplänen. Er wollte auf keinen Fall zur Volksarmee. Zwei Wochen später war er mit seiner Mutter in Westberlin – und mußte ein zweites Mal sein Abitur machen! Die DDR-Reife wurde nicht anerkannt.«

»Wie bitte? Wußte ich gar nicht.«

»Ihr Wessis wußtet so wenig von uns.«

»Und wann bist du geflüchtet?«

»Ein Jahr später, zwei Tage, bevor die Mauer gebaut wurde.«

Eugen fummelte schon wieder mein Haar hinters Ohr. »Am dreizehnten August einundsechzig, da war ich zum Praktikum in München.«

»Du bist ziemlich sorgenfrei durchs Leben geplätschert, stimmt's?«

»Ja, ja, was dagegen? Und weil wir gleich durch München fahren, serviere ich dir noch ein paar alte Erinnerungen an mein Lebensgeplätscher.« Eugen erzählte fröhlich drauflos, und beim hundertsoundsovielten Lacher hielten wir in Seefeld vor einem kleinen Hotel.

10

Es war nicht das Tagungshotel. »Nein«, sagte Eugen, er habe mir und sich zuliebe ein anderes Haus ausgesucht. »Hier sind wir ungestört, keine lästigen Kollegen. Und du willst doch sicher unabhängig von mir sein, viel wandern und viel schlafen.«

»Danke«, sagte ich und dachte: Der ist ja feige. Rücksichtsvoll nannte es Eugen.

Wir bekamen zwei Schlüssel für zwei Einzelzimmer in unterschiedlichen Stockwerken. Wirklich zu rücksichtsvoll, ich war leicht verletzt.

»Bis in einer Stunde hier unten in der Halle!« Eugen federte elastisch, elastisch die Marmortreppen hinauf, ich wanderte, unabhängig von ihm, zum Fahrstuhl und ließ mir vom Gewicht der Reisetasche den Rücken reißen.

Mein Hotelzimmer war scheußlich. Weißer, kalter Marmorfußboden, falsche Perserbrücken, aufdringlich gemusterte Samtvorhänge, wulstiges Nadelholzschnitzwerk an Bett, Schrank, Tisch und Stuhl. In der Mitte des Zimmers ein tiefhängender Kronleuchter. Ich stieß sofort dagegen und warf mich jaulend auf das immerhin breite Bett.

Mit brummendem Schädel fixierte ich die Decke, den Kronleuchter. Vielleicht ließ er sich hoch- und runterziehen? Ich stand auf und schaute mir das Monstrum genauer an: Kerzenhalter aus Plastik, mit Scheinwachs betropft, eine dicke Staubschicht, von Spinnweben überzogen. Ekelhaft! Mein Zeigefinger fuhr über Bettumrandung, Fensterbank, den Rahmen eines Ölschinkens. Überall Staub, Staub, Staub. Ich hustete, das Ohr pfiff dramatisch. So eine Sauerei! Mir reichte, wenn es zu Hause staubte, im Hotel erwartete ich peinlichste Sauberkeit – bitte schön.

Empört zitierte ich den Chef des Hauses herbei. Der lächelte nachsichtig und smart. »Joo, dös Zimmermädchen...« schlamperte er mir um die Ohren. »I soags der Frau, die wird mit dem Lappen vorbeischaun, wenns mit dem Piano fertig ist.«

›Die Frau‹ war seine Frau, eine dreißigjährige hübsche Julia, in deren goldgeknöpfter himmelblauer Rüschenbluse ein strammer Busen hügelte. Sie musterte mich eisig. »Haben Sie im Urlaub nichts Besseres zu tun, als nach Staub Ausschau zu halten?« Wedelnd übergab sie mir ein Putztuch, drehte schwungvoll ihren dunkelblauen Faltenrock und verschwand auf pinkfarbenen Stöckeln, um sich wieder dem Piano hinzugeben.

Da hatte ich mein Fett. Ich griff den Lappen und fegte durchs Zimmer, putzte, wischte, wienerte. »Marie-Luise, du blöde Kuh«, ächzte ich, »jetzt drehst du durch.« Aber die blöde Kuh war nicht zu bremsen. Sie ging auf die Knie und angelte unter den

Heizkörpern Kaugummireste, Zigarettenstummel, Bonbonpapiere und einen Pariser hervor. Zwanghaft warf ich alles auf den Tisch, den Lappen in die Ecke, heulend flog ich aufs Bett.
Was willst du hier in diesem Dreckloch? Wieso hast du dich auf so eine Geschichte eingelassen? Willst du deinen Dietrich bestrafen? Nach fünfundzwanzig Jahren Ehetreue endlich wissen, wie es ist mit einem anderen Mann?
Ich sprang wieder auf, packte den Lappen und stellte mich angriffslustig vor den Kronleuchter. Hatte sich dieser Eugen einen Scherz mit mir erlaubt? Waren Dietrich, Udo, alle eingeweiht? Nein, noch schlimmer: Eugen wollte mich für seine Tagung mißbrauchen, mich als Patientin vorführen lassen! Schon hatte ich den Kongreßsaal vor Augen, Eugen vorn am Pult, federnd dozierend: »Verehrte Kolleginnen und Kollegen…« Ein Wink, und ich werde von zwei Pflegern an einem Hundehalsband hereingeführt, schaue verstört in die Runde, und Eugen erläutert, großzügig lächelnd: »Hier haben wir ein leibhaftiges Hörsturzexemplar mit den typischen Symptomen: Schwerhörigkeit, leichte Sprach- und Bewegungsstörungen, später folgen Gedächtnisverlust, schleichende Demenz, ein radikales Zellenabsterben et cetera, et cetera.«
Es klopfte an der Tür. War das schon wieder ›die Frau‹? Hatte sie das Piano verlassen, um mich noch mit Eimer und Schrubber auszustatten? Es klopfte heftiger. Der würde ich was pianieren! Ich ließ den Kronleuchter sausen, raste zur Tür.
Herein polterte Eugen. »Seit zwanzig Minuten warte ich auf dich. Wir wollten uns doch unten treffen!« Eugen stopfte sein kariertes Hemd in die Jeans. »Sag mal, wie siehst du denn aus?« Er sackte auf ein Tannenschnitzwerk, bäumte sich vor Lachen. »Hörstürzchen, was bist du echauffiert! Du hast einen regelrechten Furienblick. Was machst du denn mit dem Lappen?«
»Putzen!« schrie ich und drückte ihm den nassen Lappen auf die Knie. »Und das da auf dem Tisch ist meine Beute!«
»Entsetzlich.« Eugen zog den Kopf ein. »Das kommt mir so bekannt vor aus meiner Zweierbeziehung.«
»Mir ist es scheißegal, wie dir das vorkommt. Für mich ist das hier ein Saustall, ich ekle mich!« Ich riß mir die Kleider vom Leib und rannte splitternackt ins Bad. Das Wasser lief nur lau aus der

Leitung. Immerhin kam ich unter der kühlen Dusche zu mir, schämte mich sogar ein wenig.

Als ich, in ein Frottee-Handtuch gehüllt, zurück ins Zimmer tappte, hatte Eugen den Tisch von allem Unrat befreit und meinen Kleiderhaufen militärisch über einen Stuhl geordnet. Er nahm mich in den Arm, ein angenehmes Prickeln durchfuhr mich, aber nur kurz, denn einer seiner feuchten Küsse landete auf meiner feuchten Stirn. Ich wehrte mich auf die feine Art, knickte den Kopf verschämt auf die Brust – da sah ich es: Unter mir, auf dem falschen Perser, blinkten zwei klobige schwarze Bergstiefel, und in den Stiefeln steckte Eugen.

»Warum hast du denn so große Schuhe an?«

»Damit ich dich besser fressen kann!«

Ich konnte nicht mitlachen, starrte nur auf die beiden Ungetüme.

»Und warum sind die so schrecklich blank?«

»Damit ich dich besser riechen kann!«

»Ich bin kein Rotkäppchen, hör auf!« Ich trommelte mit den Fäusten gegen seine Brust. »Ich kann blinkende Schuhe nicht ausstehen.«

Er hielt meine Fäuste fest. »Etwas hysterisch? Oder etwas klimakterisch?« Dann ließ er mich los. »Zieh dir was an, ich warte unten.« Eugen stiefelte hinaus.

Hysterisch? Klimakterisch? Was für ein Theater spielten wir da? Komödienstadel?

Bitte schön, zweiter Akt: Ich erschien schulterfrei und hochgestöckelt in der Halle. Der Mann der Klavierspielerin sandte einen Funkenflug aus schmalen Augen, seine Lippen formten weich: »Charmant!« Ich bemühte mich, vieldeutig zu lächeln und die Lippen leicht geöffnet zu lassen, von wegen der sinnlichen Ausstrahlung.

Eugen saß lesend in einem Ledersessel mit weit geöffneter Schenkelschere, die sofort zuschnappte, als er mich anstöckeln sah. Er musterte mich überrascht, aber freundlich, väterlich, mütterlich. Schließlich grinste er. »Dann können wir ja loswandern.«

11

Wir fuhren ins nahe Leutaschtal, weil Eugen es so gut kannte und weil er es liebte. Er sagte wirklich, daß er es ›liebe‹ und daß er alle Gipfel schon bestiegen habe. Es folgte eine Endlosaufzählung von Bergnamen. Die ›Hohe Munde‹ und die ›Gehrenspitzen‹ blieben mir nur deshalb in Erinnerung, weil wir zwischen diesen Bergen hockten, und das auf einer Bank. Vor uns die Munde eindrucksvoll plump, im Rücken glühten die Zacken der Gehrenspitzen fuchsig rot im Abendsonnenschein.

»Ich liebe die Berge«, seufzte Eugen schon wieder und griff nach meinem Ohr.

Ich wußte, daß ich sie nicht liebte und nie lieben würde, ich liebte das Meer. Was sollte ich nur hier? Ich schlenkerte die Pumps von den Füßen, rieb mir die brennenden Zehen.

Wir wanderten nicht weiter, wie sollte ich auch. Der kurze Stolpergang über Lärchenwurzeln hatte mir gereicht. Wir hockten im Alpenglühen, und Eugen seufzte: »Ganghofers Gefilde, wußtest du das?« Tiefsinnig schaute er auf Berg und Tann, senkte den Blick auf seine Stiefel, zog ein Taschentuch aus der Hose und begann bedächtig, einen Stiefel zu wienern.

Das gibt es nicht! dachte ich. Fasziniert sah ich ihm zu.

Eugen erzählte von Gamsherden und einsamen Tälern, er wienerte und wienerte, vom versteckten Reh im tiefen Dickicht, das Schuhwerk blitzte. Bei der Geierwally kam der zweite Stiefel dran. Ich schloß die flimmernden Lider und wartete darauf, daß er sich meine Pumps schnappen würde. Doch die animierten ihn nicht. Schließlich faltete er das angeschwärzte Taschentuch sorgfältig zusammen – ich sah Dietrich und seine Mutter beim Serviettenfalten. Er legte den Arm schützend um meine nackten Schultern und zog mich hoch. »Auf zum Kirchplatzl, da ist eine urige Bauernkneipe, ganz ohne Touristen. Hörstürzchen, dort wird's dir gefallen!«

Der ›Ochs‹ gefiel mir wirklich. Eine niedrige Stube, die Wände drapiert mit Geweih von Gams, Hirsch und Reh. Ausgestopfte Murmeltiere, Eulen und Adler, und dazwischen Urkunden, Pokalgold und -silber, Familienfotos. Der ältliche Wirt, bis zum Kinn im Schafwollpullover, war noch nicht in der schwarz gerahmten Generationenkette enthalten. Freundlich nuschelnd knallte er zwei große Bier auf den Tisch und verkündete: »Zwei Essen gibt's heut!«

Eugen wählte die Knödel mit Blaubeeren, ich wollte den Hammel. Der Wirt sagte: »Die Frau wird's richten« und wedelte mit einem feuchtgrauen Lumpen die Essensreste unserer Vorgänger vom Tisch.

»Du, gefällt dir der Lappen?« prustete Eugen.

»Kein bißchen eklig«, sagte ich, »ich fühl mich hier sauwohl.«

Eugen begrub meine Hände unter den seinen, und wieder prikkelte es ein wenig, eine Spur von Verführung.

Wir waren die einzigen Gäste. Durch die geöffnete Gaststubentür drangen warme Kuhstalldämpfe, mischten sich mit den Hammelgerüchen aus der Küche. Die Frau bugsierte das Essen auf das fleckige Tischtuch, Hammel- und Blaubeersoße schwappten zusammen, die Frau klatschte ihre Hände am Kittel ab.

Unser Appetit war prächtig, der Durst wuchs mächtig, beim dritten Doppelbier kündigte der Wirt ›die Musi‹ an. Ein dürres Männlein in vanillegelbem Nyltesthemd stob in einem Schwall von Kuhdungluft in die Gaststube. Den Brustkorb hinter dem Akkordeon versteckt, schifferte er los durch die Bergwelt und das weite Meer. Er umtänzelte uns mit mageren Hüften und forderte im reinsten Rheinisch zum Mitsingen auf. »La Paloma!« schmetterten wir.

Da öffnete sich erneut die Stubentür, und herein drang ein Schwarm kuhdungumlüfteter Damen und Herren.

Eugen blieb das »Olé« im Halse stecken.

»Kollegen...« stotterte er.

»Na und?« trällerte ich.

»Ich wollte mit dir allein sein«, preßte Eugen heraus.

»Zu spät! La Paloma olé!«

Das Männlein setzte die Schlußakkorde und verbeugte sich vor den neuen Gästen.

Eugen wurde sofort erkannt. Man begrüßte sich mit steifem Nicken, zwei Kollegen kamen händeschüttelnd an unseren Tisch, und Eugen stellte mich, bevor ich »Hörstürzchen« sagen konnte, als »Kollegin Mechlenburg« vor.

Ich genoß Eugens Unsicherheit. Verkrampft lächelnd bestellte er das nächste Bier, ich bestellte kampfeslustig »Avanti popolo«. Der Musi aber wollte nicht die »bandiera rossa« schwenken, sondern ins »Traumboot der Liebe« steigen. Eugen litt. Er betupfte sich mit dem Stiefeltuch die perlende Stirn. »Perlen, Gold und E-del-stei-ne«, zwitscherte ich, der Musi stimmte mit ein, zwei Kolleginnen fingerten an ihren Perlenketten im Seidenblusenausschnitt. Eugen stierte in sein Bierglas, und ich dachte: So humorlos, die Männer über fünfzig.

Beim vierten Bier wurde Eugen endlich wieder locker. Die steifen Kollegen und Innen am Nachbartisch wurden es auch. »Daß du mich liebst, das weiß ich, auf deine Liebe sch... eint der Mond!« grölten die Hals-Nasen-Ohrenärzte. Sie droschen auf ihre Schenkel und die ihrer Frauen.

»Stirbt der Bauer im Mai, wird wieder ein Frauenzimmer frei!« krähte der Musi. Brüllendes »Ho, ho!« am Nachbartisch. »Der nächste Tanz ist mit Musik!« meldete das Männlein und griff erneut in die Tasten. Beim Bergbauernbubenlied knallten die Ärzte ihre Unterarme auf die Tischplatte. »Und der Hammer, der geht so...« sangen sie, genau, wie es der Musi verordnet hatte. Applaus, Applaus, im schweißgetränkten Nyltest verbeugte sich das Männlein vom Rhein. »Danke, danke!« rief er. »Und in der Pause unterhält Sie der Ventilator!«

»Dieser Schrebergartenhengst macht mich verrückt.« Eugen wischte mir mit dem Stiefeltuch die Lachtränen aus dem Gesicht. »Laß uns gehen. Wenn's am schönsten ist, soll man...« Er versuchte bedeutungsvoll zu lächeln. Und ich sagte mutig ja. Am Nachbartisch waren die Ärztewitze dran. »Eine Stunde fürs Vorspiel, eine Stunde bewußtlos!« Eugen zahlte hastig.

Wir stolperten in die kühle Nacht. Eine weiße Mondsichel schwebte hoch über der Munde, unerreichbar hoch auch die türkisfarbenen Sterne. Aber Eugen wollte sie erreichen, für mich herunterholen, jetzt und sofort.

»Du kannst alles von mir haben«, keuchte er und suchte nach meinem Busen.

Ich schlug ihm auf die Finger.

Benommen taumelten wir über Lärchenbuckel, wo war nur unser Wanderparkplatz? Erfolglos umkreisten wir das Dorf.

Schließlich fanden wir den Mercedes direkt an der Leutasch. Eugen tätschelte ihn liebevoll. »Jetzt zeig ich dir mal, wie schnell der Spießer sein kann.«

»Laß mich fahren«, bettelte ich. »Wenn ich am Steuer sitze, wird's mir nicht schlecht.«

»Na gut.« Eugen krachte auf den Beifahrersitz ins harte Leder und grapschte nach meinem Ohr. Ich fuhr sicher, aber orientierungslos. Nachtblind suchte ich nach Ortsschildern. Neben mir grunzte sanft der bezechte Eugen. Himmel, wo ist dieses Seefeld! Ich irrte durch einsame Bergnester, an hohen Felswänden entlang. Angst breitete sich in mir aus. Was machst du mit dem Mann, wenn er in dein Bett will? Ich schaute nach rechts, Eugen hing im schwarzen Leder, mit offenem Mund schnarchend, so wenig inspirierend, so wenig erotisierend, so wenig intelligent.

Endlich fand ich Seefeld und das Hotel. Ich weckte Eugen. »Hörstürzchen«, seufzte er, »jetzt gehen wir ins Bett.«

»Ich gehe in mein Bett, und du gehst in dein Bett.« Ich fühlte mich wie eine verklemmte Jungfer.

Eugen schwankte leicht und suchte Halt an meinem Ohrläppchen. »Wir gehen jetzt in dein Bett«, entschied er.

»Nicht so laut!« Ich hielt ihm den Mund zu. »Gleich kommt die Pianistin mit dem Lappen.« Wir lachten los, versuchten es zu unterdrücken, wollten ersticken, rangen nach Luft noch im Fahrstuhl. Vor Lachen fanden wir nicht das Schlüsselloch.

»Sesam öffne dich«, schnaufte Eugen. Wiehernd landeten wir auf dem Bett, nebenan klopfte es an die Wand.

»Das ist die Pianistin!« Eugen preßte sein rotes Gesicht ins Kissen. »Hast du gesehen, was die für steile Brüste hat? Richtige Bergspitzen!«

»Zugspitzen!« quietschte ich. Herrlich, wunderbar, alles wurde leicht, luftig, problemlos. Ich lag ganz leicht, luftig und problemlos neben einem ziemlich fremden Mann.

Eugens Hand wanderte zärtlich über Gesicht, Schultern, Hüften, dann sprang er auf. »Erst muß ich duschen!«

Ich drapierte mich im Schulterfreien auf dem glibbrigen Synthetik-Bettüberwurf und versuchte, nicht an Orangenhaut und Besenreiser und meinen zu kleinen Busen zu denken.

Eugen duschte lange und kalt. Ich wartete vergeblich auf seine Entsetzensschreie. Ich wartete und dachte: Was für ein harter Mann. Gleich wird er dich in seinen Armen lustvoll zerquetschen. Lustvoll, jawoll. Wie wird er wohl aussehen, so nackt und hart?

Plötzlich packte mich Panik, die Erinnerung an Dresden. Eine vergammelte alte Villa, ich lag in einem knarrenden Bettgestell, die Decke bis zum Kinn gezogen, wartete ich auf einen Mann, der mich lieben wollte. Er kam aus dem verrotteten Bad in langen grauweißen Unterhosen, gräulich-weiß auch die Haut und der Körper so knochig, so dürr. Hart warf er sich auf mich, hart stieß ich ihn zurück, sprang panisch aus dem Bett, raffte meine Kleider und stürzte hinaus. »Du bist frigide!« Ohnmächtig schrie er es hinter mir her. Dabei hatte ich diesen Mann gemocht, mit ihm zusammen ein Jahr an der Kunstschule verbracht, täglich sahen wir uns, streunten im Winter durch Zwinger und Grünes Gewölbe, lagen im Sommer im hohen Gras der Elbwiesen, lasen, diskutierten und lachten viel – von Dietrich kam damals pro Woche ein Brief aus Westberlin.

Eugen kam ohne lange weiße Unterhosen aus dem Bad. Sehr sportlich und sehr elastisch stand er vor dem Bett, streckte sich ausgiebig, die Gelenke knackten und knirschten, schadenfroh dachte ich: seinem Alter entsprechend.

Er schob den Überwurf zur Seite und kroch unter die Bettdecke. »Das Bad ist frei. Du kannst jetzt duschen.«

Er verlangt vorher ein Abduschen? Empört starrte ich ihn an. »Nein«, sagte ich, »einmal am Tag reicht.«

Eugen kroch tiefer unter die Decke. »Wenn du nicht duschst, kann ich nicht.«

Lange Pause. »Marie-Luise«, sagte er, und nicht Hörstürzchen, »Marie-Luise, es tut mir sehr leid, aber du erinnerst mich an meine Frau, ich meine: Partnerin. Weißt du, siebzehn Jahre ist eine lange Zeit. Sie hat vorher immer geduscht.«

»Ich tue es nicht!« Mein Schulterfreies fiel, der Slip, ich stieg in den gestreiften Baumwollschlafanzug.

Er kann also nicht.

Eigentlich ganz bequem und sympathisch. Das werden zwei sorgen- und schuldfreie Tage. Wirklich angenehm, dieser Eugen in seiner Ehrlichkeit. Ich kuschelte mich ebenfalls unter die Decke, gab ihm einen flüchtigen Kuß auf die Wange – wie nach einer siebzehnjährigen Partnerschaft.

»Du bist großartig, Hörstürzchen, so ein richtiger Kumpel«, grummelte Eugen. Kurz darauf hörte ich sein Schnarchen.

Der richtige Kumpel konnte lange nicht einschlafen, warf sich von einer Seite auf die andere. Ich mußte mir eingestehen, ich war doch verletzt. Zu alt für ein Abenteuer? Nein, jaulte in mir der Saft. Er ist zu alt für mich, ist nicht der Richtige. Genauso ist es, sagte ich mir. Mein Herz wurde sehnsuchtsvoll weit. Noch viele hatten bequem darin Platz, auch Dietrich.

12

Immerhin – ein gutes Gewissen ist ein sanftes... Ich hatte entspannt und rein geruht, auch ohne Dietrichs Kissen, und wurde geweckt durch ein Stöckelstakkato auf hartem Marmor, wußte sofort: Die Zugspitze! Ich fühlte mich herrlich ausgeschlafen, streckte mich, daß die Gelenke knackten und knirschten wie Eugens am Abend zuvor.

Ob er noch schlief? Ich zupfte an dem Deckenberg neben mir. Nichts rührte sich. Ich zupfte, tupfte, klopfte, der Berg blieb regungslos und stumm. Ich zerrte die Decke zur Seite – zum Vorschein kam kein Mann, sondern das barock gemusterte Samtpolster der Couch. Obenauf lag dekorativ ein Papierherz. Entzückend! Ein Herz! Das würde Dietrich nie machen. So ein Einfallsreicher, so ein Galanter. »Guten Morgen, Hörstürzchen«, las ich erwartungsfroh, »ich konnte leider nicht länger schlafen – du hast so zart geschnarcht. Bin zum Joggen an die Leutasch. Frühstück zehn Uhr, einverstanden?«

›Geschnarcht?‹ Das war eine Spur zu galant. Ich sah auf die Uhr, zehn Uhr zwanzig, sprang aus dem Bett und taumelte ins Bad. Herrje, dieser schlaffe Kreislauf! Das eisige Wasser stob über meine schläfrige Haut, kitzelte alle Energien wach, ein unbändiger Appetit packte mich – schnell, schnell, allein frühstücken wollte ich nun gar nicht. Ich griff ein paar Kleidungsstücke, Pulli,

Leggins, Turnschuhe reichten, stürmte hinaus über Marmor-treppen und falsche Perser.

Der ›Frühstückssalon‹ glich einer Kantine, hier hatte man auf Pomp und Plunder verzichtet. Der riesige Eugen saß einsam an einem Tisch und beklopfte bedächtig sein Frühstücksei. Als er mich entdeckte, beklopfte er das Zifferblatt seiner Uhr. »Un-pünktlich wie meine Frau!«

»Du sollst mich nicht andauernd mit deiner Frau vergleichen!« Meine Lippen zurrten und zogen. »Schnarcht sie eigentlich auch?«

»Ja«, sagte Eugen fröhlich, »wenn ich das sagen darf: Das tut sie auch.« Er schob sich einen Löffel Eidotter in den Mund. »Weißt du, das liegt an eurem Alter: Gaumensegel und Rachenmuskula-tur erschlaffen, nicht weiter schlimm.« Er beugte sich über den Tisch und küßte mich herzhaft – nicht feucht, sondern klebrig-eidottrig. Ich wischte mir mit dem Handrücken die Lippen.

Neben uns stand abwartend die Zugspitze. »Frühstück gibt's nur bis zehn!«

»Wir hatten noch etwas Besseres zu tun«, ich blickte sie grinsend an, »wir haben nämlich Urlaub.«

»Schlagfertig.« Eugen lachte Beifall.

Die Zugspitze machte »ph«, brachte aber doch noch Kaffee. Dann räumte sie das magere Büfett ab, ich eroberte eben noch eine Scheibe Rosinenweißbrot und Honig.

Während ich mich mit Kalorien vollstopfte, breitete Eugen das Tagesprogramm vor mir aus: eine Wanderkarte, in die er in fetter Deutlichkeit pinkrote Linien gezeichnet hatte, ich sah es auch ohne Brille, mir schwante Entsetzliches. Doch bevor meine Phantasie zu arbeiten begann, sprudelte Eugen schon los: »Hör-stürzchen, das wird ein Traumtag, ein Wandertag! Genau das richtige Wetter haben wir dafür.« Er tätschelte mir die Wangen. »Hast du das überhaupt schon bemerkt?«

Ich nickte. »Es ist heiß.«

»Paß auf!« Sein Finger folgte der pinkfarbenen Linie. »Am Kirchplatzl wandern wir los, du kennst das ja von gestern abend. Von da aus geht's hoch zur Wangalm, das schaffen wir schnell, es sind nur ein paar hundert Meter Höhenunterschied, sagen wir: eine Stunde. Dort können wir eine kurze Vesperpause einlegen, der Senn ist ein Prachtkerl, auf den freu ich mich richtig…«, er strahlte mich an, »der wird dir auch gefallen! Frisch gestärkt ziehen wir dann weiter.« Tatenlustig rieb er sich die Stirnglatze. »Immer schön den Pfad am Hang entlang, bis hinauf auf die Gehrenspitzen. Zweitausendvierhundert Meter, der Weg ist völlig ungefährlich, das schafft jede Kuh! Und wenn wir Glück haben und der Wind gegen uns steht, sehen wir Gamsen.« Er wies mit theatralischer Geste Richtung Bergwelt. »Ich hab schon mal vierundsiebzig Stück auf einen Schlag gesehen, einmalig, sag ich dir…, ich krieg gleich Bergfieber!«

»Zwei-tau-send-vier-hun-dert Meter?« fragte ich. »So hoch kann ich nur mit der Gondel.«

»Dann wird es Zeit, daß du das mal mit deinen Füßchen machst.« Eugen stellte seinen bestiefelten Fuß auf den freien Stuhl neben mir, ergriff eine Serviette und begann wieder mit dem Polieren des schwarzen Wanderschuhwerks. »Komm, sei kein Frosch, du wirst mir noch dankbar sein.«

Blitzartig checkte ich meine möglichen Alternativen durch: Allein unterwegs zum Malen, an einen Bergsee oder die Leutasch? Oder mit einem spannenden Buch in den Liegestuhl? Beides zu einsam, das wollte ich nicht. Und wie wär's mit dem Heimatmuseum? Ach nein, das erst recht nicht.

Eugen wechselte das Bein und polierte den anderen Stiefel. Es war nicht zum Aushalten. Ich sah aus dem Fenster und suchte die verflixten Gehrenspitzen.

»Könnten Sie, bitte schön, Ihren Schuh von den Sesseln nehmen?« Die Zugspitze schepperte das Geschirr zusammen, samt meinem halben Rosinenbrot. »Jetzt kann ich auch noch Ihren Dreck wegfegen, meine Zeit fürs Piano wird immer knapper.«

»Diese Giftspritze«, murmelte ich.

Eugen gab dem Stiefel mit einem letzten Serviettenschwung den letzten Schliff oder Glanz oder Blitz, stellte die Beine brav unter den Tisch und preßte heraus: »Jetzt verlassen wir Ihren Wanderpuff, Sie Zugspritze Sie!«

»Herrlich!« japste ich. »Wenn du so spritzig bleibst, wird es wirklich ein Traumtag.«

Wenig später standen wir am Kirchplatzl direkt neben dem Friedhof. Eugen trug lederne Kniebundhosen, handgestrickte Stutzen, ein kariertes Baumwollhemd. Seinen Rücken zierte ein Rucksack. Zum Glück saß auf seinem Schädel kein Jägerfilz mit Gamsbart. Meine Frühstücksgarderobe hatte er abgesegnet, was blieb ihm auch anderes übrig, ich besaß keine Wandertracht.

Wir stapften bald straff bergan, zwischen Lärchen, durch blumige Wiesen. Im Nu war Eugen mir weit voraus, wie Dietrich beim Langlauf im Winter. Allerdings kam er nicht besorgt zu mir zurück, wie Dietrich das immer tat, nein, er federte den Waldpfad elastisch empor, ohne sich auch nur ein einziges Mal nach mir umzusehen.

Natürlich wollte er meine Sportlichkeit und Ausdauer testen – eine Gemeinheit war das! Ich hörte schon sein ›dem Alter angemessen‹. Mein Ohr pfiff zur Bekräftigung. Ich spurtete los, dem würde ich's zeigen! Schließlich hatte ich schon mal eine Medaille errungen, wenn auch im Rückenkraulen, 1956, bei den Jugendmeisterschaften der DDR. Ich jagte besessen vom Ehrgeiz den steinigen Pfad hinauf wie als Vierzehnjährige durchs Schwimmbecken, jagte höher und höher, die Schädeldecke dröhnte, die Augen schwirrten, die Ohren sausten. Ich gab mein Letztes und hielt erst vor Eugens langen Beinen. Auf einem Tannenstumpf sackte ich zusammen. Kotzelend war mir wie vor sechsunddreißig Jahren, als ich medaillenwürdig auf den Fliesen des Rostocker Hallenbades lag. Auch jetzt wollte ich nichts anderes als Luft.

»Das ist kein Bergsteigen, was du da machst.« Eugen schüttelte weise sein Haupt. »Langsam, aber gleichmäßig steigt man auf.« Er betupfte mir mit dem scheußlich geschwärzten Stiefeltuch das Gesicht. »Du bist ja blaurot angelaufen – siehst aus wie kurz vor einem Herzinfarkt.«

»Infarkt?« Ich rutschte vom Stumpf auf die Tannennadeln. Das Herz polterte immer heftiger, dann stolperte es.

Eugen zog eine Flasche aus dem Rucksack. »Los, trink etwas.«

Ich winkte matt ab. So würde ich also enden, auf einem Berg, den ich nicht liebte, an der Seite eines Mannes, der mich nicht liebte, weit weg von Dietrich – wie dramatisch. Mir fielen die Todesanzeigen ein, die ich jeden Morgen zu Hause in der Zeitung las, die aparten schätzte ich besonders. »Viel zu früh verließ uns Marie-Luise, widerwillig folgte sie dem Ruf des Berges… Wie findest du das, Eugen?«

Eugen hievte mich aus dem Nadelbett. »Nicht lustig, du mußt jetzt unbedingt etwas trinken.« Er setzte mir einfach die Flasche an den Mund. »Außerdem schluckst du noch diese Tablette, nur zur Sicherheit, gegen deinen Ohrinfarkt.«

Ich trank und schluckte, er bettete meinen Kopf auf seine Lederhose, seine Finger strichen unbeholfen über mein Haar. Ich schloß die Augen, fühlte mich geborgen und sicher wie in Mutters oder Vaters Schoß, war ihm ehrlich dankbar für dieses Gefühl und beschloß, den Entwurf meiner Todesanzeige erst einmal zu verschieben. Und zum erstenmal fand ich Eugens feuchten Kuß erfrischend.

13

Wir kamen nicht nach einer Stunde auf die Alm, sondern nach drei. Eugen hatte seinen flotten Aufstiegsschritt meinem Schleichen angepaßt. Alle fünfzig Meter blieb ich kurzatmig stehen und heuchelte Bewunderung für einen besonders schönen Ausblick. Eugen schien außer sich vor Glück, quetschte in ungestümer Gefühlsaufwallung meine Hand und seufzte. »Siehst du, jetzt liebst du die Berge genau wie ich!«

Ich widersprach ihm lieber nicht.

Der Senn hieß Xaver, war klein, schwarzgelockt und muskulös. Sein Gesicht leuchtete vom Heuen in frischem Rot, gar nicht infarktgefährdet. Er gefiel mir, und ich ließ es ihn spüren. Übermütig zwinkerte er mir zu, sicher Eugen zuliebe, vielleicht fand er mich auch attraktiv, zumindest ›dem Alter angemessen‹.

»Ihr seid heut die einzgen Gäst, bei der Hitz bleiben alle drunten!«

Eugen und Xaver tauschten Schulterschläge aus, erzählten sich das letzte Jahr, lachten ins Tal, das Echo knallte zurück. Sie brachten Milch, Käse, Brot und Obstler aus der Hütte, ich hockte auf der wackligen Bank, wohlig erschlafft, den schmerzenden Rücken an die sonnenwarme Holzwand gepreßt, roch das frische Heu, Ziegenkäse und Brot. Durch die halbgeschlossenen Lider blinzelte ich auf Xavers nackten Oberkörper, diese braune, straffe Haut, mich überkam eine unanständige Lust. Man konnte die Lust ja erst mal aufs Essen richten. Gierig griff ich zu, meinte, noch nie so sinnenfroh genossen und geschmeckt zu haben.

Schon beim ersten Obstler nannte mich Xaver ›die Marie‹. Beim zweiten sagte er: »Wenns euch ein Wetter überrascht, dann könnts die Nacht bei mir schloafen.« Er zwinkerte wieder aus viel zu blauen Augen, und ich zwinkerte zurück.

Nach dem dritten Obstler packte Eugen seine Wanderkarte in den Rucksack. »Wir sind spät dran.« Er gab Xaver einen letzten Schulterschlag. »Wir müssen weiter auf die Spitzen.«

»Schad, sehr schad«, sagte Xaver, nahm mich in die Arme, und ich sackte obstlerhemmungslos hinein. Heiliges Alpenglühn, was konnte der küssen, mit weichen, heißen Lippen, so wie ich es liebte! Ich zeigte es ihm deutlich.

Eugen räusperte sich. »Jetzt reicht's!« Er riß an meiner Schulter, schüttelte mich aus Xavers Armen. »Auf geht's! Ciao, du Halunke!« Eugen schob mich vor sich her, den gerölligen Pfad hinauf.

»Vergelt's Gott!« rief Xaver uns nach und griff zum Rechen. Sein Lachen zerbarst in Ganghofers Bergen.

Es war seltsam, aber Eugens überschneller Schritt machte mir nichts mehr aus. Leichtfüßig folgte ich ihm, ohne Herzgeflatter, ohne Blutstau im Kopf. Erst nach einer halben Stunde blieb Eugen stehen. »Weißt du überhaupt, daß der Xaver erst Mitte Dreißig ist? Ist dir das eigentlich klargeworden?« Wütend stieß er mit seinen staubigen Stiefeln Steinbrocken den Hang hinab. »Das hat was Obszönes, wenn ein so junger Mann eine ältere Frau küßt.«

»Danke!« sagte ich und blieb locker. »Das finde ich nicht.«

Eugen betrachtete mit verzerrtem Gesicht den grauweißen Stiefelstaub, holte aber nicht sein Tuch hervor. »Wenn ein älterer Mann ein junges Mädchen küßt, ist das irgendwie normal, jedenfalls nicht so, wie wenn…«

54

»Vielleicht ist es nur feuchter«, fuhr ich dazwischen und stieg ungekränkt weiter bergan.

Erst kurz vor dem Gipfelkreuz hielt ich an. Ich merkte, wie mein Rausch nachließ, und ich begann, wieder zu spüren, wie unheimlich mir die Berge doch waren.

Eugen begriff sofort. Erfreut beobachtete er meine wachsende Zaghaftigkeit. »Hörstürzchen«, sagte er in plötzlichem Übermut, »jetzt wird's gefährlich, jetzt kommen nämlich die letzten Meter.« Er sprang wie ein Gamsbock die gefährlichen Meter hinauf, stellte sich mit dem Rücken zum Gipfelkreuz und breitete die Arme aus, wie kurz vorm Abflug, Absprung, Absturz.

»Laß das!« rief ich. »Komm sofort zurück!«

Eugen hatte seine alte Stärke wiedergefunden. »Komm du sofort herauf!« rief er. Er machte ein paar wilde Sätze vor, zurück, vor – und weg war er.

Verschluckt vom Berg oder vom Tal? »Eugen!« schrie ich.

»Eugen!« schepperten die Bergwände zurück.

Mit weichen Knien stolperte ich Richtung Gipfel, die letzten Meter kroch ich auf allen vieren. »Du lieber Gott, ich bin doch nicht schwindelfrei, Eugen«, jammerte ich, »wo steckst du nur?«

Ich klammerte mich an das eiserne Kreuz und wagte einen Blick nach vorn. Einen Schritt von mir entfernt gähnte die tiefe Schlucht. Nein! Ich legte mich auf den nackten Fels und robbte bäuchlings an den Abgrund heran. »Nein, nein«, stöhnte ich, »das sind ja mindestens tausend Meter!« Ich schob mich zentimeterweise zurück, und obwohl der Schwindel mir den Kopf verdrehte, konnte ich mich nicht dagegen wehren, daß ich in Gedanken schon wieder eine Todesanzeige bastelte.

Zwei Hände packten mich an den Fesseln. Ich schnellte herum. Vor mir kniete Eugen und hielt mir etwas Blaues entgegen. »Kein Edelweiß, aber ein echter Enzian.«

»Du spinnst wohl!« Meine Fäuste betrommelten seine karierte Brust. »Ich dachte, du liegst da unten! Auf solche Ideen kommt noch nicht mal mein Dietrich!«

»Der ist nur nicht mutig genug.«

»So ein Quatsch!« Ich schnaubte mir die Nase mit dem T-Shirt. »Der macht das nur nicht, weil der Enzian unter Naturschutz steht.«

»Ach deshalb?« sagte Eugen und pulte unter einem Stein neben dem Gipfelkreuz einen Metallkasten hervor.

»Ich hätte einen Infarkt kriegen können«, schnaubte ich weiter in mein T-Shirt.

»Hätte«, sagte Eugen, zog einen Kugelschreiber aus dem Rucksack und trug seelenruhig unsere Namen mit Datum ins Gipfelbuch ein.

»Außerdem bin ich soggefährdet!«

»So? Was ist das denn? Hast du übrigens die Gemsen gesehen? Es sind mindestens fünfzig, da drüben im Kessel, vor der Wettersteinwand.«

Ich schüttelte den Kopf.

Auch Eugen schüttelte den Kopf. »Aber du hast doch die ganze Zeit hinuntergeschaut.«

»Nach dir hab ich geschaut!« Ich griff den Enzian und rutschte auf dem Hintern abwärts. Nie wieder kriegt mich einer auf so einen Berg, nie mehr. Wie war ich da überhaupt hochgekommen? Ich rutschte weiter bis zum Pfad, legte mich zitternd auf den Hang, immerhin hatte man hier Kräuter und Moose als Halt.

Warum Eugen gerade auf den Spitzen die wilde Leidenschaft gepackt hatte, werde ich auch nie verstehen. Plötzlich stand er ohne Lederhose vor mir, zerrte an meinen Leggins, stürzte sich auf mich. Und er sagte nicht: ›Ich liebe die Berge‹, sondern röhrte: »Hörstürzchen, ich liebe dich!«

»Ungeduscht?« Stocknüchtern krallten sich meine Finger in Moos und Kraut. »Steig ab«, sagte ich, »heute kann ich nicht.«

Ich hatte es ganz vergessen: Wenn Männer gekränkt sind, beginnen sie zu kämpfen. Je älter sie sind, um so verzweifelter kämpfen sie. Eugens Art zu kämpfen hatte etwas Vergewaltigendes. Es gibt ja Frauen, die…, die soll es ja geben…, aber ich nicht, nicht mit mir! Ich wehrte mich, biß ihn kurzentschlossen in seine nassen Lippen. Das schien ihn noch anzufeuern.

Irgendwann hatte er es begriffen. Schweißnaß warf er sich neben mich ins Kraut. »Warum kannst du denn nicht? Bei Xaver hättest du gekonnt, was?«

»Sei nicht albern.« Ich rappelte mich auf. Der Enzian lag plattgewalzt im Moos. Ich mußte an Udos Rasen denken, an den plat-

ten Rasen und Anna und Karl, und ich lachte los, lachte und lachte.
»Hysterisch? Klimakterisch?« schnaubte Eugen.
»Laß dir was anderes einfallen.« Ich schnappte den Enzian und lief den Pfad hinab. »Fang mich, los!«
»Hysterisches Weibervolk!« Eugen galoppierte hinter mir her. »Scheiße!« schrie er. »So ein Scheißdreck!«
Ich drehte mich um. Eugen saß auf einem Felsbrocken und massierte sein Bein.

14

In tiefer Dunkelheit standen wir auf der Landstraße. Es war nicht einfach gewesen, den riesigen Eugen durch das nächtliche Puittal zu schleifen. Sein verstauchter Knöchel war sofort dick angeschwollen, wir hatten ihn im Bach gekühlt und ihn dank der Rucksackwanderapotheke auch gesalbt und bandagiert. Eugen jaulte bei jedem Schritt. Immerhin konnte er noch mit schmerzverzerrtem Gesicht die Karte lesen, was mir ohne Brille nicht gelang. Ich hatte ihn, so gut es ging, gestützt, mein Rücken riß.
»Du bist ein richtiger Kumpel«, ächzte Eugen anerkennend.
»Du wiederholst dich andauernd.« Ich war bis in die Zahnhälse gereizt. »Kumpel, Bergesliebe, klimakterisch...«
»Du hast hysterisch vergessen.«
Wir standen auf der dunklen Straße und hielten ein Auto an. »Ein Mercedes«, sagte Eugen glücklich, »ein deutscher Mercedes.« Und bevor ich mein »Ich hasse diesen deutschen Stern« loswerden konnte, hatte Eugen sich und seinen Fuß neben den Fahrer plaziert, einen forschen Mittfünfziger mit Silberstoppelbürste, der schon Gas gab, bevor ich richtig eingestiegen war. Unverschämter alter Knacker!
Der Knacker sprach nur mit Eugen, er troff vor Mitleid und Hilfsbereitschaft. »Mit den Bergen ist nicht zu spaßen«, sagte er und schaute Eugen unverwandt an. »Kennen wir uns nicht?«
Eugen musterte gründlich zurück. »Klar«, sagte er, »von der letzten Tagung in Travemünde!«

»Donnerwetter«, sagte die Silberbürste, »Donnerwetter, Herr Kollege, Sie haben aber noch ein verdammt gutes Gedächtnis.«

Eugen wußte auch noch verdammt gut, daß wir nicht vor dem Tagungshotel, sondern vor unserem Wanderpuff abgesetzt werden mußten. Der Kollege half ihm beim Aussteigen und trug ihn fast ins Foyer. »Bis morgen, es warten interessante Vorträge.«
Eugen nickte, ich stand unbeachtet dazwischen, Frau Nichts. Winkend verschwand der Kollege.
»Du hättest mich ja wenigstens vorstellen können.«
»Als was?« fragte Eugen.
»Der Möglichkeiten gibt es viele«, trällerte ich in die Halle, ziemlich verbissen klang's. Ich griff meinen Zimmerschlüssel von der Wand. »Alles Gute für die Nacht und natürlich auch fürs Bein.«
Diesmal war ich diejenige, die elastisch, elastisch die Treppen hinaufsprang, Eugen quälte sich zum Fahrstuhl.

Er rief nicht an, und ich tat es auch nicht. Dieser Eugen schien noch komplizierter konstruiert zu sein als Dietrich. Und auf die Idee, mich gekränkt mit Tränenkrüglein aufs Bett zu setzen, kam ich nun wirklich nicht. Im Gegenteil, ich fühlte mich befreit, so allein, stand unendlich lange unter der – woran hatte die Zugspitze nur gedreht? – plötzlich ganz heißen Dusche. Das Wasser prasselte auf meinen morschen Rücken, was gab es Schöneres?
Ich spendierte mir aus dem kleinen Kühlschrank Bier, Wasser und einen Bocksbeutel Frankenwein. Zwei Päckchen Nüsse und alle fünf Schokoladenriegel, leider nicht Sahne, ersetzten das Abendbrot. In einem Tannenschnitzregal entdeckte ich eine Reihe Ganghoferromane. Ich entschied mich für den ›Mann im Salz‹ und schmiß mich mit ihm quer übers breite Bett.
Aber der ›Mann im Salz‹ war nicht sehr anregend – weit weniger als der auf der Alm. Vielleicht gab's was im Fernsehen? Ich spielte die beiden österreichischen Magerprogramme durch, und schon bald überkam mich eine köstliche Müdigkeit. Im Einschlafen dachte ich noch ein wenig an Xaver und auch an Dietrich. Wo der Igel jetzt wohl lag? Ob es ihm gefiel, dieses Überle-

benstraining? Und wenn er nun doch mit einer anderen... Dann brauchte er es dringend, zum Überleben! Ich seufzte tief und fand mich ungeheuer sympathisch in meiner Großzügigkeit.

15

Es wurde eine traumschwere Nacht. Ich hing an Berggipfel gekrallt, stürzte in Schluchten, immer wieder wachte ich auf und fand alles beunruhigend realistisch.

In den Morgenstunden träumte ich von meiner Schwiegermutter: Sie lag aufgebahrt auf einem Steintisch in einer Grotte, ihr kleiner, hagerer Körper steckte in einem weißen, jungmädchenhaften Spitzenkleid. Überall wucherten exotische Blüten und Bäume. Dietrich und ich wachten bei der Toten, da hob sie den Kopf und sagte: »Es dauert noch viele Wochen, bis meine Seele frei ist. Ihr könnt noch lange nicht weg, ich muß euch erst alles vom Krieg erzählen...«

Ich wälzte mich hin und her und träumte weiter: Ich saß in einem Boot, das sich in ein Klassenzimmer verwandelte. Ein junger Mann klopfte gegen die Wandtafel und sagte: »In Zuluzucku muß man die Sprache können!« Ich sah sinnlos aneinandergereihte Buchstaben, mit Zahlen vermischt. Ich versuchte zu lesen, die Worte auszusprechen, es gelang mir nicht. »Unfähig!« schrie der Lehrer. »Und die Töpfe sind auch angebrannt, die Herdplatten – alles glüht und ist verkohlt!« Ich hastete in eine Küche auf dem Oberdeck des Bootes, schob Töpfe hin und her, nahm glühende Eisenringe vom Herd, es roch nach verbrannter Erbsensuppe. Plötzlich griff mich Dietrich von hinten und wollte mich über dem Herd lieben. »Das mache ich zum erstenmal«, rief ich entzückt, »ich hätte nicht gedacht, daß das so toll ist!«

Der letzte Traum gefiel mir so gut, daß ich beschloß, wach zu bleiben. Es war erst acht Uhr, Zeit genug, um ohne Streß den Tag zu beginnen. Traumangeregt schwang ich mich aus dem Bett – und stand auf zwei Beinen, die nicht zu mir gehörten. Dumpf schmerzende Stelzen hatte ich und ein eigenartig stumpf-taubes

Gefühl in Knien und Hüftgelenken. Ungläubig betastete ich die Fremdkörper, mühsam quälte ich mich ins Bad.

Ein neuer ›Traumtag‹ drohte mit dem wanderlüsternen Eugen. Ich versuchte ein paar Kniebeugen, gut, daß ich noch mit mir und den Stelzen allein war. Immerhin kam ich so vom Humpeln in schleifende Schrittfolge. Was für eine Kleidung paßte dazu? Etwas, das das Untergestell zusammenhielt. Ich zwängte mich in Jeans, Himmel, was waren die eng! Meinen flachbrüstigen Oberkörper ließ ich von einer lockeren Bluse umschmeicheln – Dietrichs Lieblingsbluse, in der er mich so frisch und adrett fand. Für die Füße wählte ich breit ausgetretene Sandaletten.

Gegen neun Uhr schleifte ich, oben frisch und duftig, das muskelkatergetränkte Untergestell gen Frühstückssalon. Auch heute war Eugen vor mir da. Im hellen Leinenanzug schlürfte er seinen Kaffee. Als ich mich zu ihm an den Tisch setzte, griff er zu einer Zeitung. Sofort hatte ich ein schlechtes Gewissen, fühlte mich schon wieder schuldig.

»Wie geht's?« fragte ich zaghaft.

»Danke«, sagte Eugen, »ich kann nicht klagen. Und selbst?«

»Saumäßiger Muskelkater«, mumpelte ich in mein Honigbrötchen. »Und dein Fuß?« Ich schielte unter den Tisch. Ein bandagierter Klumpen steckte in einem Gesundheitslatschen, daneben stand der andere Fuß im eleganten Lederhalbschuh. »War die Nacht schlimm?«

»Nein«, sagte Eugen, »es gibt ja Tabletten und Zäpfchen.«

»Hm«, machte ich und pulte in meinem Brötchen. Der Honig hatte heute einen muffigen Beigeschmack.

Eugen widmete sich wieder der Zeitung.

»Der Anzug steht dir gut«, sagte ich.

»Ich weiß«, sagte Eugen und stellte seinen Lederhalbschuh auf den Nachbarstuhl, schnappte sich meine Serviette und polierte los.

Das war zum Krätzekriegen. Meine Haut juckte, vielleicht hatte ich wirklich die Krätze, bei dem Dreck im Zimmer? Ich wandte mich wieder Eugens Polierarbeit zu. »Das ist zwanghaft.«

»Ich weiß«, sagte Eugen. Er warf mir seine Autoschlüssel auf den Tisch. »Falls du den Spießer brauchst. Ich fahre mit dem Taxi zum Tagungshotel und komme erst abends zurück.« Er wippte auf seiner Lederschuhspitze, sehr schief und einbeinig sah das aus. »Eine Frau wie du kommt gut ohne Mann zurecht.« Belustigt sah ich ihn an. Er schaute eisig zurück, und ich dachte: Mit dem Blick hätte er lieber seinen Klumpfuß kühlen sollen. Eugen humpelte von dannen.

Und nun? Wie sollte ich das Ohne-Mann-gut-Zurechtkommen gestalten? Ich sah aus dem Fenster. Draußen flirrte die Luft in der Sonne. Dieser Sommer war mal wieder viel zu heiß, jedenfalls für mein nordisches Kaltblut. Also etwas Kühles, etwas Erfrischendes fürs Tagesprogramm. Schnell entschied ich mich für die Leutasch, packte Buch – vielleicht war der ›Mann im Salz‹ heute inspirierender? –, Zeichenblock und Aquarellfarben in Dietrichs praktischen Reklameleinenbeutel mit dem grünen Punkt. Ich fuhr mit dem Spießer durchs Tal, fand trotz meiner Orientierungsschwäche die Leutasch und wählte einen romantischen Fleck, dort, wo Eugen vor zwei Abenden noch die Sterne für mich herunterholen wollte.

Am Ufer des Flüßchens richtete ich mich zwischen hellen Steinen ein, saß bald blusenfrei im kochfesten Slip auf meinen Jeans, da ich Badeanzug und Handtuch, obwohl dreimal daran gedacht, doch im Hotelzimmer hatte liegenlassen. Dafür lag alles zum Malen bereit. Mit Leutaschwasser befeuchtete ich das Papier. Ich wollte das flirrende Licht auf Fluß und Ufer einfangen. Ich arbeitete konzentriert, hatte einen der seltenen begabten Tage, war daher schnell zufrieden.

Ach ja, ›Zufriedenheit‹, was brauchte man mehr? Bäuchlings lag ich im harten Kies, die Sonne prasselte auf Rücken und Stelzen, lud mich auf mit Energien, umweltfreundlich! Ach Igel! Hoffentlich erfährst du nie von dieser Reise, du wirst es nie verstehen, wirst es mir nie verzeihen. Wenn's um die eigene Frau geht, ist er wie alle Männer: sehr moralisch.

Die Sonne stach, energiegefüttert wendete ich den Rücken, rekelte mich lustvoll und dachte dabei an eine Freundin in Dresden. Sie hatte mir kürzlich geschrieben, daß sie seit Monaten nicht mehr mit ihrem Mann schlafe, sich das schlicht verkneife, wegen der Energien, die sie dann unverbraucht für etwas anderes nutzen könne, für ihren Beruf. Nur deshalb habe man ihr jetzt die Chefarztstelle angeboten…

Meine Finger klimperten mit runden Kieseln, prüften ihre glatte Oberfläche. Stein! Schade, daß ich dieses Material nie ausprobiert hatte, ebensowenig wie Holz und Metall. Vielleicht lag eine Bildhauerin in mir brach? Überhaupt, ich hatte in diesem langen Leben eine ganze Menge nicht ausprobiert, sondern ausgelassen, auch den Seitensprung. Wenn allerdings alles, was ausgelassen und nachholbedürftig war, genauso elegant lief wie der jetzige Seitensprung, na dann gut Nacht, Marie…

Trüb schaute ich ins klare Leutaschwasser. Marie-Luise, du bist ein schlechter Mensch, sagte das Gewissen, hinterhältig und gemein. Ein richtiger Stinkstiefel bist du.

Ich nickte. Jawoll, genauso einer, wie er gestern an Eugens Füßen saß. Ein spontaner Duschzwang überkam mich. Ich rutschte in den Fluß, und weil er so eisig war, mußte ich schon wieder an Eugen denken, an ihn und seinen Klumpfuß.

Mein Gewissen bohrte, bohrte aus den unterschiedlichsten Gründen, zu allem Überfluß bimmelte im nahen Dorf die Kirchenglocke den Mittag ein. Naß stieg ich in Jeans und Bluse und lenkte den Spießer Richtung Kirche. Sie sei sehenswürdig, hatte Eugen gesagt. Bald saß ich in der barocken Kapelle, begutachtete Schnitzwerk, Pomp und Plüsch. ›Wie dein Hotelzimmer‹, flüsterte mir der Teufel ins Hörsturzohr. Ein Apostel wies streng mit hölzerner Hand zum Beichtstuhl. Doch keiner war da, der meine Beichte abnehmen wollte. Beschwingt tupfte ich ein paar Spritzer Weihwasser an Stirn und Bluse.

An der Kirchentür hingen Todesanzeigen, recht schlicht formuliert, da hätte ich mir etwas Besseres einfallen lassen. Ich lief über den Friedhof, buchstabierte alte Grabinschriften, auf einem Kindergrab hockte ein Marmorengel mit hängenden Flügeln, die Hände vors weinende Gesicht geschlagen. Das Mutterherz meldete sich. Wie es Henning und Steffi wohl ging? Einige Meter weiter lagen schottrige Erdberge, dazwischen eine tiefe Grube, und auf dem Grund der Grube stand ein Sarg aus dunklem Holz mit schweren Beschlägen. Ich starrte auf den Sarg, starrte und starrte und dachte: Vielleicht liegst du auch bald in so einer Kiste und hast so wenig ausprobiert… Sofort war ich bei meiner Beerdigung, schon sah ich mich liegen – wie lag noch meine Schwiegermutter heute früh?

»Soans eine Verwandte von der da?« Neben mir stand ein hemdsärmeliger Mann, schon älter, na, so mein Alter. Er stützte sich schwer auf die Schaufel. »Soll ich noch mit dem Zuschippen warten? Brauchens noch Zeit?«

Unschlüssig zuckte ich die Schultern. Er sah mich fragend an. »Eine Tante von mir«, log ich flott und dachte: Gleich stürzt dich einer der Erzengel in die Grube, und der Kerl schaufelt dich einfach zu, bei lebendigem Leib, und keiner wird wissen, wo du steckst, selbst Eugen nicht. Ziemlich dramatisch, mörderisch dramatisch.

Der Totengräber legte den Kopf schief. »Oane Nichte von der Nonne Fridriciana?«

Ich nickte, griff zur Bekräftigung eine Handvoll schotterige Erde und ließ sie auf den Sarg knallen. Es klang dumpf und unwirtlich.

»Soans nicht ihre Schwester aus Deutschland?«

Das reichte. Die Lippen schnurrten zusammen, ich drehte mich um und humpelte vom Friedhof, humpelte mehr als am Morgen. Der Teufel soll den Alten holen und meinen Muskelkater gleich dazu.

16

Im Hotel herrschte Mittagsruhe. Kein Gast war zu sehen, von denen gab es im Wanderpuff eh nur wenige. Zwei Rentnerpaare aus Holland hatte ich wahrgenommen, zwei aus England und ein junges deutsches Paar mit einem dicken, kurzhaarigen Kind, weder Mädchen noch Junge.

Auf der Sonnenwiese lag auch niemand. Ich warf mich in einen Liegestuhl und stierte in den Himmel. Hinter der Hohen Munde türmten sich schwarze Wolken. Bald hörte man dumpfes Grollen, die ersten Blitze zuckten grell über den Himmel, tauchten Berg und Tal in gelbblaues Licht. Ich zog mit dem Liegestuhl unter den Dachvorsprung. Wenn uns gestern ein Gewitter überrascht hätte – nicht auszudenken. Dagegen waren Infarktgefährdung, Fastvergewaltigung und Klumpfuß ein Klacks.

Was Eugen jetzt wohl trieb? Ob er andächtig den Vorträgen lauschte? Vielleicht dachte er nur ganz profan ans Hörstürzchen?

Die ersten Tropfen platzten vor mir auf die häßlichen Fliesen, ihnen folgte ein Wolkenbruch, der die Hitze in Sekundenschnelle vertrieb. Heftiger Wind peitschte Wassermassen hin und her, ich versuchte den Liegestuhl zu retten, schlurfte patschnaß ins Haus. Wie kriegte ich nur diesen Nachmittag in den Griff?

Das schlechte Gewissen und der Totengräber hatten mir alles verdorben. Fröstelnd stand ich in der Hotelhalle, sah mich gelangweilt um und entdeckte das Schild ›Sauna‹. Sauna im Juli, warum nicht? Die Wärme würde sicher die Muskelstarre lockern und alle inneren und äußeren Verkrampfungen lösen.

Der Weg in die Sauna führte durch einen tiefergelegenen Saal. In eine Saalecke hatte man eine Bartheke mit Schnitzhockern gedrückt, in einer anderen ruhten Schmuddelsessel auf Fliesen. Es sah wie ein unvollendetes Schwimmbad aus. Spärliches Licht drang durch verschmutzte Bullaugenfenster, das Wolkenbruchwasser schmetterte sie gerade sauber. Zentral in der Mitte unter einem Kronleuchter entdeckte ich den schwarzen Flügel. Und davor saß, sehr aufrecht, die Zugspritze, sie blätterte hastig in Notenbündeln. Als sie mich sah, hämmerte sie los. Sie spielte erstaunlich gut, soweit mein klassisches Musikverständnis ausreichte.

»Bartòk?« fragte ich.

Die Zugspritze schaute mich überrascht an und nickte.

»Wofür üben Sie so viel?« Ich lehnte mich locker gegen den Flügel.

»Fürs Radio«, sagte die Zugspritze. »Ich muß im Radio spielen.«

Jetzt war ich die Überraschte. Die Zugspritze setzte noch eins darauf. »Nächste Woche spiele ich mit meinem Professor in Paris.«

Meine Sandaletten schabten die türkisfarbenen Fliesen. »Ich male«, sagte ich. »Im September habe ich eine eigene Ausstellung.«

Die Zugspritze nickte gnädig, so als ob ich gesagt hätte: Darf ich jetzt Ihre Schwimmbadfliesen putzen? Mit geschwinden Fingern hämmerte sie wieder los.

In der Sauna war ich allein. Ich kroch für zwanzig Minuten in die heiße Zelle und schwitzte eine ganze Mengel Übel aus. Es gab sogar einen kleinen Ruheraum mit zitronengelben Liegen und buschigen Kunstblumen, Sträucher, die zartrosa und violett blühten. In einer Ecke lag ein Stoß Illustrierte, eingebettet in Staubflockenberge. Ich fischte mir ein ›Zeit-Magazin‹, der Staub störte mich nicht. Die pianierende Zugspritze hatte plötzlich, ob ich wollte oder nicht, etwas Bewundernswürdiges bekommen – wie über allen Staubwolken schwebend.

Ich versuchte, um die Ecke zu denken. Sechs senkrecht: ›Sagenhaftes Gedächtnislöschwasser.‹ Ich zermarterte mir vergeblich das Hirn – war das strapaziös. Ermattet schloß ich die Augen. Da flog die Tür auf, und herein schlappte das junge deutsche Paar mit Kind. Sie zogen sich direkt vor mir aus, ihre Körperdüfte stiegen mir in die Nase. Ich mußte sie ansehen, die große, knochige Frau, ihren bärenbrüstigen Mann, das verfettete Kind: Es war also ein Mädchen.

Die drei erstürmten die heiße Zelle, so hatte ich Muße, ihren Kleiderhaufen zu betrachten. Die Unterhosen und Socken des Bären waren altrosa verfärbt, aha – sie trennen nicht Weißes vom Bunten. Weiter kam ich nicht mit meinen Vermutungen, denn das Kind stolperte, krebsrot und schnaufend, aus dem Schwitzkasten. Es legte sich schweißtriefend auf die Liege direkt neben mich und begann damit zu schaukeln und zu wippen.

Ich versuchte wieder, um die Ecke zu denken. Das Kind wälzte sich hoch, watschelte zu dem Illustriertenstoß und kam mit einem Mickymausheft zurück. Das Geschaukel und Gewippe begann aufs neue. Gereizt blickte ich auf. Da lag das Kind mit gespreizten rosa Fettschenkelchen, die Lippen buchstabierten, die eine Hand hielt das Mickymausheft, die andere rieb eifrig das verfettete Schampolster. Sprachlos sah ich zu.

Es war so lange her, daß meine Kinder..., aber nie und nimmer hätten sie es öffentlich getrieben, höchstens die Kinder unserer Freunde aus der achtundsechziger Kommune, vielleicht. Ein befangener Blick auf das Kind. Das lächelte unbefangen zurück. Ärgerlich packte ich meine Sachen. Marie-Luise, was bist du prüde! Anna hatte ganz recht.

17

Gegen neunzehn Uhr rief Eugen an. »Hörstürzchen«, fragte er munter, »wie geht's, was macht der Kater? Sag mal, kannst du mich abholen? Bei dem Regen sind wohl alle Taxis unterwegs.«

Er wartete mit Kollege Silberbürste im Hoteleingang. Die beiden verabschiedeten sich überschwenglich. Die Silberbürste legte den Arm erst um Eugens Schulter, dann um seine Hüften. Es hatte etwas Intimes, das mich noch mehr störte als die Reiberei des fetten Kindes.

»Dank dir.« Eugen begrüßte mich mit einem regenfeuchten Kuß.

»War's spannend?« fragte ich.

»Mit dir wär's spannender gewesen.« Er griff nach meinem Ohr. »Was hast du denn den langen Tag getrieben?«

»Viel«, sagte ich. »Übrigens habe ich jetzt einen Höllenhunger, laß uns irgendwo etwas essen.«

Das Irgendwo wurde ein Italiener, weil wir es beide wollten. Wenigstens darin waren wir uns einig. Schon nach dem Salat mußte ich es wissen. »Ist dein Kollege Silberbürste eigentlich schwul?«

»Quatsch.« Eugen lehnte sich zurück, mit gegrätschter Schenkelschere. »Wäre das ein Problem für dich?«

»Wieso – für mich doch nicht!« Hilfe, ich wurde immer klemmiger. »Die Hälfte meiner Kollegen ist schwul, Künstler, weißt du?«

Eugen lachte. »Zehn Prozent reichen.« Er begrub mal wieder meine Hände in den seinen. »Aber erzähl doch lieber von dir.«

Sicher lag es an dem verbalen Defizit des Tages: Ich erzählte und erzählte alles pingelig genau, von der Leutasch, der Kirche, dem Friedhof mit Totengräber, dem Wolkenbruch, von der begabten

Zugspritze im wasserlosen Schwimmbad und vom Bärenmann mit Unterhosen. Das onanierende Kind unterschlug ich.

»Weiter.« Eugen grunzte vor Behagen. »Ich höre dir gerne zu.«

Der Chianti schmeckte wie in der Toskana, ich verschlang meine Pizza Capricciosa und fand alles völlig unkompliziert, genauso leicht und luftig wie am ersten Abend. Eugen mußte Ähnliches empfinden. Verwegen griff er nach meinem Jeansknie, ich mochte seinen festen Griff, und beim Tiramisu waren wir uns einig, so schnell wie möglich ins Hotel abzutauchen.

Wir landeten in meinem Zimmer, weil wir es besser kannten. Eugen sprang unter die Dusche, brav tat ich es ihm nach, obwohl ich gerade erst in der Sauna geduscht hatte. Hastig öffnete Eugen eine Flasche Sekt. »Aller guten Versuche sind drei!« Er lächelte angestrengt.

Wir mühten uns heftig. Eugen turnte über mir, abwechselnd übte er Grätsche, Spagat, Bocksprung, seine riesigen Glieder verzweigten sich um meinen Körper, schlossen ihn ein. Im Nu hatte er Leidenschaft und Feuer bei mir erdrückt. Platt und teilnahmslos lag ich da, nichts als Kreuzworträtsel und verfettetes Kind vor Augen.

Auch der dritte Versuch war danebengegangen.

Als Eugens Klumpfuß immer heftiger gegen mein Schienbein stieß, rappelte ich mich auf. »Mein Muskelkater«, stöhnte ich, »meine Knochen tun mir so weh! Sei ein großzügiger Mann und laß es uns noch mal verschieben.«

Ich glaube, Eugen verschob es gern. Großzügig holte er aus der Sauna das ›Zeit-Magazin‹. Wir kuschelten uns eng unter die Decke, er spielte mit meinem Ohrläppchen bis in die tiefe Nacht, dann waren Sekt und Köpfe leer – wir hatten gemeinsam um die Ecke gedacht.

Am nächsten Morgen servierte der Chef den Kaffee, die Zugspritze schien schon in Paris oder im Radio zu sein. Wir packten die Sachen und fuhren ab.

Es wurde eine einsilbige Fahrt. Ich saß die meiste Zeit am Steuer, da Eugens Klumpfuß vom angestrengten Turnen noch dicker angeschwollen war. Schon vierhundert Kilometer vor dem Ziel war ich mit meinen Gedanken zu Hause. Ich trieb den Spießer über die Autobahn, vögelte ihn, würde Dietrich sagen. Eine Ersatzhandlung.

Beim Zwischenhalt an einer Raststätte sah ich zwei Kollegen von Dietrich, sie saßen einige Tische entfernt und beobachteten uns, es trieb mir die Hitze in den Kopf.

»Wieder infarktgefährdet?« fragte Eugen knapp. Ich schaute schweigend an ihm vorbei.

Auch bei der Weiterfahrt blieben wir wortkarg, jeder schien mit der Verarbeitung der letzten drei Tage beschäftigt. Schon am frühen Nachmittag hielt ich in unserer Straße, nicht vor dem Haus, sondern an der Ecke. »Ciao, Kumpel!« Ich knuffte Eugen in die Rippen. »Es war nett mit dir.«

»Ciao, Kumpeline«, sagte Eugen. Er holte wenig elastisch, aber sehr ritterlich mein Gepäck aus dem Kofferraum und verschwand mit seinem Spießer.

18

Schon an der Wohnungstür schlug mir der Muff entgegen. Nach jeder längeren Urlaubsreise tat er das, nur war er diesmal besonders intensiv. Ich riß die Fenster auf, rannte inspizierend durch die Zimmer und mußte nicht lange suchen. Kater Fritz hatte den Aufstand geprobt, drei Tage die Pfoten an Sesseln und Schränken gewetzt, auf den Teppich gekotzt, in Blumentröge geschissen. Sein Katzenklo stand unberührt in der Ecke.

Fritz saß – es lebe die Anarchie – in unserem Bett, auf Dietrichs Kopfkissen. Mit schmalen Augen fixierte er mich. Wenn du jetzt was sagst, fauchte er zart, verrate ich alles.

Sag nur nichts! schrie mein schlechtes Gewissen.

Schweigend räumte ich den Dreck weg, wusch, wischte, wienerte, wie im Wanderpuff. Schade, daß kein Eugen zum Trösten und Lachen da war. Weg war er, auf und davon. Wie hatte der Musi noch geträllert? Rumpeldipumpel, weg ist der Kumpel!

Ich goß die Blumen, sie hatten sich gegen die fehlenden Streicheleinheiten zum Glück nur mit gelben Blättern gewehrt. Post war sparsam in den Briefkasten gerutscht. Eine Arztrechnung – Eugens Hörsturzüberprüfungen. Eine Karte von Henning mit Dresdens Blauem Wunder: ›Hallo Mutsch, bin dahin gefahren, wovon Du immer in Erinnerungen schwelgst…‹ Noch eine Einladung zum fünfzigsten Geburtstag, es war bestimmt die sechste in diesem Jahr. Und Reklameberge, obwohl groß und deutlich neben unserem Namensschild zu lesen war, daß wir das nicht wünschten – jedenfalls Dietrich nicht. Ich mochte die Prospekte, vor allem die mit der Mode, bonbonsüß und bunt boten sie beim Honigbrötchen einen guten Kontrast zu den Todesanzeigen.

Ich duschte – nicht Eugen zuliebe –, kroch ins Walleschlampermüsligewand – ohne zärtlichen Gedanken an Dietrich – und kuschelte mich – zur Strafe – in Fritz' Katzenkorbstuhl auf dem Balkon. Ich arbeitete mich durch vier Tageszeitungen, mit Flugzeugabstürzen, Erdbeben, Überschwemmungen, Seuchen. Einige aparte Todesanzeigen munterten mich auf.

Am Abend rief ich Anna an.

»Diesmal koche ich wirklich Marmelade«, rief sie gereizt. »Die Zwillinge haben alle Johannis- und Stachelbeersträucher leergepflückt, und das nur, weil Karl mit den Mädchen so ein pädagogisches Wettspiel gemacht hat. Ich ersticke in Beerenmassen…«

»Laß sie doch einfach bis morgen im Eimer in der Küche stehen.« Ich lachte.

»Damit sich einer mit dem nackten Hintern reinsetzt, so wie du damals an der Ostsee?« Anna fauchte. »Gutes Gedächtnis, was? Wie war's denn überhaupt beim Wandern?«

»Mittelhochtief.«

Anna probierte ein Lachen. »Du und Eugen, das paßt eben nicht.«

»Und wie paßt es bei euch inzwischen?«

»Sagen wir: mittel. Ich bin für einen Tag mit Karl zum Meditieren in die Pfalz gefahren. Ein Freund von ihm hat im Garten eine Pyramide.« Endlich lachte sie kehlig. »Das ist eine Welt für sich! Nichts für mich. Karl ist ein Spinner. Wenn er doch nur nicht so rasend gut küssen würde…« Seufzpause. »Nur noch drei Tage, dann kommen unsere Männer schon zurück. Aber du – ich freu mich auf Udo!«

Ich legte den Hörer auf. Heute glaubte ich ihr alles.

69

Die nächsten Tage arbeitete ich vom frühen Morgen bis in die Nacht. Ich hatte mein Motiv gefunden: das Licht! Ich ließ es flimmern, flirren, irisieren, in Wasser und Luft – die Impressionisten waren mir schon immer die Nächsten gewesen –, ich variierte hundertfach, Frau Martens würde staunen.

Am Abend, bevor Dietrich zurückkam, packte ich einige Skizzen, um einen Kollegen zu besuchen. Ich brauchte Verstehen und Zuspruch. Doch bei Martin hing nur ein Zettel an der Tür: ›Bin in der Provence.‹

Im Hof des Hinterhauses hockte Gerd Müller, alias Gerhardt zu Gantenbein, und sinnierte, ein Holzstück auf den Knien.

»Was bastelst du denn da?« fragte ich.

»Siehst du nicht? Gerhardt zu Gantenbein vereinigt sich mit dem Genius!« Er wischte grinsend rote Ölfarbe über seine Stirn. »Rot – die Farbe der Lust – e-ro-ti-sche Objekte«, sagte er, »ich mache eine Ausstellung, männliche und weibliche Genitalien. Wie findest du das?«

Die Objekte waren nicht schwer zu erkennen. Grellbunt lakkierte Glieder in Holz, Plastik, Metall, auf Blumentöpfe gepflanzt, an Fußbänke gekettet.

»Hier, mein geiler Hengst!« Gerd zog an einem alten Sack und entblößte einen Schemel, in den ein pinkfarbiger Pimmel eingerammt war. »Das wird einschlagen wie eine Bombe, Erotik kommt immer an!«

Er gab mir seine Rotweinflasche. »Für meinen zerquetschten Mercedes fehlt den Leuten der Kunstverstand, die meisten sind Banausen, sag ich dir, noch nie was von Performance gehört.« Er entriß mir die Flasche und trank sie leer. »Sieh dir diese Vulven an, hast du schon mal solche Vulven gesehen? Dieses gespannte Holz verwendet man sonst für den Bootsbau. Wie es lebt! Und in der pulsierenden Mitte dieser Bergkristall, kann es was Erotischeres geben?«

Ich wackelte mit dem Kopf, bejahend, verneinend – sollte er sich's doch aussuchen. »Die Sache mit dem Mercedes auf dem Marktplatz war nicht schlecht«, sagte ich und stellte mir Eugen vor, wie er um einen zerquetschten Spießer lief und das als Kunstwerk anerkennen sollte.

Gerd zog die Skizzenmappe vom Gepäckträger meines holländischen Gesundheitsrades. »Zeig«, sagte Gerhardt zu Gantenbein, »zeig, was dein Genius hervorgebracht hat.« Verständnislos starrte er auf die Blätter.

»Es ist Licht«, sagte ich bescheiden, »einfach nur Licht, auf dem Wasser, in der Luft.«

»Ah ja«, sagte Gerd, »ah ja, jetzt seh ich's deutlich, ziemlich genial.« Er entkorkte eine frische Flasche. »Darüber müssen wir reden.«

»Aber nicht hier«, bat ich, »laß uns in den ›Keller‹ gehen.«

»Geht nicht«, sagte Gerd, »bei denen stehe ich total in der Kreide. Höchstens«, er tätschelte mir den Hintern, »du hast 'nen Hunni für mich übrig. Nach der Ausstellung kriegst du zwei zurück, Schwänze und Mösen verkaufen sich wie warme Semmeln.« Er lachte gurgelnd in den Flaschenhals.

»Wenn du meinst.« Schweren Herzens zupfte ich meinen letzten Blauen aus der Geldtasche. »Du mußt aber für mich mitbezahlen.«

»Dank dir, Göttin.« Gerd beugte sich über mich und gab mir einen Kuß, weich und warm. Nicht unangenehm, sogar erstaunlich angenehm.

»Wie alt bis du eigentlich?« fragte ich ihn.

»Dreiundfünfzig«, sagte Gerd. »Das müßtest du dir doch gemerkt haben! Bei meiner Performance über das Altern habe ich die Zahl unendlich oft benutzt!«

»Da hab ich nicht aufgepaßt. Los, küß mich noch mal, ich muß was ausprobieren.«

Gerhardt zu Gantenbein stellte die Flasche auf dem geilen Hengst ab, bettete mein Gesicht zwischen seine genialen, schmuddeligen Künstlerpranken und küßte mir die Lust bis in die Zehenspitzen.

»Na, wie war's?« fragte er.

»Unanständig gut.« Ich ging vorsichtshalber auf Abstand. »Und gar nicht so anders.«

»Tja, ich bin für meine unanständigen Küsse bekannt. Aber ›anders‹ – wie soll ich das verstehen?«

»Das mußt du nicht verstehen.«

»Schon gut. Ein genialer Mensch ahnt alles!« Er knüllte den Hunni in seine Gesäßtasche. »Auf geht's, dein Pegasus wird uns tragen.« Er schnappte mein Rad, ich stieg auf den Gepäckträger, und wir kamen ohne Knochenbrüche bis zum ›Keller‹.

Nach dreimaligem Schwengelklopfen öffnete Roderich. »Ach, ihr seid's nur.« Wir stiegen hinab in die heiligen Hallen, dumpfe Kellergewölbe, die auch so rochen, eine Mischung aus Schimmelpilz und abgestandenem Zigarettenrauch. Einige Tische waren von Kollegen besetzt oder solchen, die es gern sein oder werden wollten oder zumindest versuchten, so auszusehen.

Wir bestellten bei Roderich weißen Pfälzer, Gerd wedelte erfolgreich mit dem Hundertmarkschein. Ich holte wieder die Skizzen aus der Mappe. »Komm, sag mal, wie du sie findest, ganz objektiv.«

»Objektiv?« Gerd verdrehte die Augen. »Du wünschst ein von subjektiven Vorstellungen und Interessen unabhängiges Urteil, dessen Gründe für jedes vernünftige Wesen gültig sind?«

»Herrje, wie gebildet!«

»Meine Leidenschaft. Soll ich dir noch Objektivität oder Objektivismus erklären?« Er blies mir seinen scharfen Zigarettenrauch ins Gesicht. »Objektkunst, das kennst du ja wohl, zum Beispiel die vom großen Gerhardt zu Gantenbein«, und da war er auch schon wieder bei seinen genialen Genitalien, seinen Lackpimmeln und Kristallmösen, und das total objektiv.

Am Nachbartisch bekam unterdessen eine Kollegin Malerin von ihrem Partner eine geklebt. »Du kommst jetzt mit nach Hause!« brüllte der Partner, fuchtelte mit dem Regenschirm, ging dann aber doch allein. Die Kollegin zeigte ihm den Stinkefinger.

»Starke Frau«, sagte Gerd.

»Sehr emanzipiert«, ich nickte und wußte, daß ich Dietrich gefolgt wäre, allerdings nur ohne Ohrfeige.

Als der Pfälzer leer war, wollte Gerd wieder einen vollen. Doch ich wollte nur noch nach Hause. »Es ist schon zwei Uhr morgens«, nörgelte ich, »spar lieber den Rest vom Hunni, bis zu deiner Ausstellung dauert's doch noch Wochen.«

Gerhardt zu Gantenbein zahlte die Flasche, und Roderich gab ihm auf seinen Hunni keinen Pfennig zurück.

19

Am Nachmittag standen Anna, Petra und ich auf dem Bahnsteig. Der Zeiger der Bahnhofsuhr sprang wieder die Minuten ab wie vor zehn Tagen, vielleicht etwas schneller. Zehn Tage – mir kam es vor wie zehn Wochen, soviel war passiert. Anna und Petra liefen schweigend den Bahnsteig auf und ab. Jede war auf sich und die Ankunft ihrer Ehehälfte konzentriert.

»Wie sie jetzt wohl küssen werden?« fragte ich Anna. »Überlebenstrainiert, wie eine gesengte Sau?«

Anna lachte nervös. »Laß den Quatsch.« Sie hatte ein neues Kleid an, ausgeschnitten bis zum Nabel. Ihre Brüste trug sie wie auf dem Tablett, ein aufregendes Gestell, besetzt mit Spitzen und Rosetten, war für die sinnliche Last verantwortlich.

Ich konnte es mir nicht verkneifen: »Für Karl, Bernhard, Dietrich oder Udo?«

»Für alle vier!« Anna rüttelte ihr Tablett zurecht. »Du stellst mal wieder Fragen, saublöd.«

Der Lautsprecher meldete zwanzig Minuten Verspätung. Ich wechselte den Bahnsteig, studierte den Fahrplan, überprüfte in der spiegelnden Scheibe mein Aussehen. Jeans und die luftig-weite Bluse – Dietrich sollte zufrieden sein. Überhaupt hatte ich alles für sein inneres Wohlbefinden vorbereitet. Die Betten waren frisch bezogen, der Geschirrspüler ausgeräumt, der Müll lag säuberlich getrennt in Eimer und gelbem Sack, ich hatte sogar in seinen Regalen Staub gewischt. Am umwerfendsten fand ich die Tatsache, daß ich im Morgengrauen, so gegen neun Uhr, zu Anna rausgefahren war, um sie von ihrem Beerenreichtum zu befreien. Und mit den Beeren hatte ich eine Kuchenplastik entworfen und geformt.

Das Warten wurde allmählich unerträglich, zumal sich mein Gewissen schon wieder meldete. Am besten, du sagst ihm die Wahrheit, bohrte es, das ist die sauberste Lösung, klare Verhältnisse, eine Episode ohne jede Bedeutung, und was bedeutungslos ist, kann auch nichts bewegen, erschüttern, umwerfen.

Jawoll, sagte ich.

Tu's nicht, warnte der Saft, Bedeutungsloses ist nicht erwähnenswert.

Der Zug fuhr ein und brachte uns drei Männer, die um ein Drittel geschrumpft schienen, man hätte fast einen aus ihnen machen können. Gefaßt stolperten sie uns entgegen, Udo voran, mit einem Plastikeimer in der Hand.

»Das gibt's nicht!« Anna schlug die Hände überm Tablett zusammen. »Man kann doch nicht in zehn Tagen so viel abnehmen!« Sie küßte Udos gehöhlte Wangen, betastete seine Rippen, suchte in der beutelnden Hose nach seinen Hinterbacken. Dann weinte und lachte sie total hysterisch los.

Déjà vu – so was hatte ich doch schon mal erlebt?

Als Achtjährige, da stand ich rausgeputzt in weißen Strickkniestrümpfen und blaugeblümtem Dirndlkleid mit Schürze auf dem Rostocker Bahnhof, zwischen heimkehrenden Kriegsgefangenen und weinenden Frauen, die sie in Empfang nahmen. Auch jetzt stand ich staunend und nicht recht dazugehörend mittendrin, genau wie damals, als Vater aus Rußland kam und Mutter ihn in hysterischer Liebe halb verschlang.

Dietrich verschlang mich nicht, und ich verschlang ihn auch nicht. Wir küßten uns linkisch, aber unsere Augen sagten sich: Wie schön, daß ich dich wiederhabe. Auch Dietrich hatte entsetzlich abgenommen, hager und matt schleppte er seinen Rucksack, der Zehntagebart ließ ihn noch elender erscheinen.

»Nun erzählt doch mal!« drängte Anna. »Wie habt ihr überlebt?«

»Das bleibt erst mal unser Geheimnis.« Udo lachte mit Mühe und ziemlich blutleeren Lippen. »In zwei Wochen weihe ich meinen Fischteich ein, dann gibt es einen großen Bericht, mit Videofilm, den hat der Trainingsleiter gedreht.« Er tippte auf seinen roten Plastikeimer mit gelöchertem Deckel. »Und da ist das Geheimnis drin!«

»Wie aufregend«, säuselte Anna, schlangenfalsch, »wie geheimnisvoll! So wie ich Udo kenne, ist das ganz exotisch.«

Petra jammerte dazwischen: »So wie Bernhard die Beine bewegt, hat er sich bestimmt einen Rheumaschub geholt!«

Bernhard und Dietrich blickten sich gereizt an, und ich sagte lieber gar nichts.

Trotzdem wurde es ein hinreißender Abend. Dietrich war wirklich total ausgehungert. Zuerst verschlang er vier Stücke Johannisbeerkuchen mit acht Portionen Sahne und anschließend mich. Und ich liebte ihn wie einen Spätheimkehrer. Wir küßten uns stundenlang, erdbeersahneshakig wie schon lange nicht mehr. So positiv konnte ein Überlebenstraining sein. Und Dietrich küßte zum Glück nicht anders als zuvor.

Stolz wurde dann erzählt: Über die zwanzig harten Männer, die sich aus Zweigen Hütten und Schlafstätten gebaut hatten und ihren Hunger mit handgefangenen Fröschen, Fischen, Regenwürmern, Insekten stillen mußten.

»Aber kein einziger Hase ging in unsere Fallen, noch nicht mal 'ne Maus. Stell dir vor, wir haben Gänseblümchen gefressen.« Dietrich lachte. »Es war eigentlich ziemlich beschissen. Udo hatte sogar eine Krise mit Weinkrämpfen, aber der Trainingsleiter, ein Psychotherapeut, tröstete, das sei ganz normal.« Dietrich lachte immer mehr. »Du, ich kam mir vor wie im Gefängnis. Bernhard und ich sind einmal ausgerissen, zwölf Kilometer zu Fuß bis zum Forellenhof, einer Kneipe im Wald. Wir haben uns einige Biere reingezogen, das war ein Gefühlchen nach so viel Abstinenz! Dort haben wir auch noch drei lebende Forellen gekauft und in einer Plastiktüte zum Lager gebracht. Sie glaubten wirklich, wir hätten sie selbst gefangen.«

»Sonst hättet ihr nicht überlebt, gell?« Ich schmiegte mich eng an ihn, wie damals im Zelt an der Ostsee.

»Genau richtig«, grunzte der Igel und schlummerte, glaube ich, sehr zufrieden ein.

Das Frühstück war schon wieder recht alltäglich. Kater Fritz bekam wesentlich mehr Streichler als ich. Dietrich hatte noch einen Tag Urlaub, wir trödelten in den Morgen. Zwischen Zeitung und Kaffee fragte er endlich: »Was macht denn dein Ohr?«

»Das Hörstürzchen, äh…«, ich kicherte wirr. »Es pfeift noch ziemlich schrill, aber, wie Udos Freund Eugen gesagt hat: alles Gewöhnungssache.«

»Da wird er wohl recht haben.« Dietrich widmete sich wieder den Zeitungen, er hatte zehn Tage aufzuarbeiten. Ich warf unterdessen seine Wäsche in die Maschine, bügelte Oberhemden und dachte dabei, nur so zur Unterhaltung, an Eugen, die talentierte Zugspritze und an den wilden Xaver.

Am Mittag räumte Dietrich den halbgefüllten Geschirrspüler erst einmal aus, bevor er ihn erneut einräumte, und er vergaß nicht zu wiederholen, ich hätte ein völlig falsches System. Nachdem er alles überprüft hatte, kam der Vorschlag: »Laß uns eine Radtour machen!«

»Radtour?« Himmel, ich hatte bei all dem Putzen, Laufen, Bakken ganz vergessen, mein Rad abzuholen. Gerd hatte mich gestern nacht noch nach Hause gebracht und war dann weitergefahren, sicher nochmals in den ›Keller‹ oder zu seiner fetten Muse Ilona. Hoffentlich hatte er sich das Rad nicht klauen lassen. Vielleicht hatte er es auch einfach versetzt, um sein Haushaltsgeld aufzubessern? Ich wagte nicht, mir das weiter auszumalen: Dietrichs Gerburtstagsgeschenk!

»Also, was ist? Du siehst wenig begeistert aus.« Der Igel klappte leicht gereizt den Geschirrspüler zu.

»Wunderbare Idee«, sagte ich, »wirklich wunderbar, nur, da gibt es ein kleines Problem, mein Rad steht nämlich bei Gerhardt zu Gantenbein.«

Dietrich bekam seinen durchdringenden Blick, als ob er Reagenzien oder Formeln vor sich hätte.

»Guck nicht so forschungssüchtig! Das Rad steht ganz brav bei Gerd und wartet.«

»Und wie ist es dorthin gekommen?«

»Meine Güte, ich war gestern abend bei ihm. Nur Fachgespräche! Ich brauchte seinen Kollegenrat.«

»Ausgerechnet von dem?« Dietrich öffnete wieder den Geschirrspüler und füllte eine zweite Schaufel Pulver ins Fach.

»Das ist nicht umweltfreundlich«, sagte ich.

»Ich hab erst mal genug von der Umwelt!« brüllte Dietrich los. »Genug von Wasser, Wald, Sumpf, Morast, Mücken, Fliegen, Würmern, Blätterfressen und Gänseblümchen.« Er knallte eine dritte Schaufel ins Fach.

Mir blieb die Spucke weg. Ich hielt es für klug, ihn nicht zu fragen: Wer hat dich denn so umgekrempelt? sondern nur: »Also, holen wir jetzt das Rad ab?«

Gerhardt zu Gantenbein hockte wie am Abend zuvor zwischen seinen erotischen Objekten im Hinterhof. An der Hauswand lehnte das Rad. Dietrich stürmte grußlos darauf zu, riß es an sich und sagte: »Nicht abgeschlossen!«

»Nö«, sagte Gerd, »das ist hier nicht nötig, hier wohnen nur ehrliche Leute. Höchstens, daß sich mal einer was ausleiht.«

Dietrich warf einen kurzen, verächtlichen Blick auf Schwänze und Mösen, um wiederum grußlos mit meinem Rad zu verschwinden.

Gerd hielt sich am Pimmel vom ›geilen Hengst‹ fest. »Sag mal, wie hältst du's denn mit dem aus?«

»Ganz gut! Mach dir nichts draus.« Ich gab Gerd einen Kuß und rannte hinter Dietrich her.

Es wurde eine anstrengende Radtour. Dietrich wartete nicht wie beim Langlauf, sondern raste davon, ohne sich umzudrehen. Ich trat gleichmäßig in die Pedale des Gesundheitsrades, den Fehler wie vor Tagen mit Eugen würde ich nicht wiederholen.

Vor dem Burg-Café trafen wir uns wieder. Dietrich war mit hochrotem Gesicht dabei, leere Eistüten und Coladosen von der Wiese zu sammeln, um sie dann zeternd auf Papierkörbe zu verteilen. Deprimiert sah ich zu, half ihm aber nicht. Bei Currywurst und sauer gespritztem Apfelwein zeterte Dietrich weiter, diesmal über den Schwachsinn des Überlebenstrainings.

»Es hat dich keiner dazu gezwungen.« Wenig harmoniesüchtig blinzelte ich ihn an.

»Zick, zick, zick!« Dietrich musterte mich argwöhnisch. »Was ist mit dir los? Du bist neuerdings so aufmüpfig! Hat das was mit deinem Ohr zu tun?«

»Wer weiß?« Ich starrte in den blauen Himmel. »Ab fünfzig ändern sich viele. Vielleicht bin ich inzwischen eine andere Frau?«

»Bloß das nicht!« Dietrich ereiferte sich aufs neue. »Ich will dich so, wie du bist, und das seit fünfunddreißig Jahren! Mach nur nicht den Emanzenscheiß wie diese anderen!« Er wirkte auf einmal besorgt, und auf dem Rückweg fuhr er langsam neben mir her. An einer Anhöhe schob er mich sogar.

20

Spät fiel es mir auf. Am Abend vor Udos Fischteicheinweihung bemerkte ich, daß Dietrich zusammengesunken im Sessel saß. Er tat so, als ob er Zeitung läse, zwischen rechtem Daumen und Zeigefinger hielt er das linke Handgelenk, starrte unverwandt auf die Armbanduhr, bewegte tonlos die Lippen. Ich beobachtete ihn eine Weile, las dann aber weiter – ein Buch über das Klimakterium der Frau, Anna hatte es mir ausgeliehen und gemeint, daß ich für solche Lektüre längst reif sei. Bisher hatte ich wenig Gemeinsames mit der Erzählerin entdecken können, aber vielleicht kam das noch.

Ich blickte wieder auf Dietrich. Er saß unverändert, seine Lippen schienen zu zählen.

»Igel, geht's dir gut?«

Dietrich fuhr auf, fühlte sich ertappt. »Wieso fragst du?«

»Ich dachte nur…«

»Ich kontrolliere meinen Puls«, sagte Dietrich, »seit dem Überlebenstraining stolpert er.« Wehleidig sah er mich an. Solche Blicke gönnte er sonst nur seiner Mutter. Bei ihrem letzten Sonntagsbesuch allerdings, da hatte er den Pfadfinder, den Lausbuben herausgekehrt. Pausenlos hatte er erzählt, und Mutti hatte glücklich gelacht, »Es ist genau wie früher« gesagt und gar nicht mehr vom Krieg erzählt.

»Du mußt zum Arzt«, sagte ich, »laß dich mal wieder durchchecken.«

Dietrich nickte waidwund. »Du hast recht… wenn es nicht schon zu spät ist.«

»Also komm!« Ich stand auf und holte mir eine Tafel Schokolade aus dem Kühlschrank. Ein pulszählender Mann und Erläuterungen übers Klimakterium, das brauchte ein Gegengewicht. Im Vorbeigehen zauste ich ihm die Haare. »Schau mich nicht so an, ich bin doch nicht deine Mutter.«

»Etwas mehr Besorgnis würde dir gut stehen.« Dietrich verschwand im Bad, legte sich dann schwer atmend aufs Bett. Die Tür zum Wohnraum ließ er weit geöffnet, damit ich an seinem stolpernden Puls teilhaben konnte.

Ich fühlte mich hundsmiserabel. Mutterersatz wollte ich nicht spielen, schon lange nicht für Dietrichs Mutter. Sie war mir immer fremd geblieben.

Dietrich hustete, verschluckte sich. Ich raste ins Schlafzimmer. »Soll ich vielleicht doch einen Arzt rufen? Oder soll ich dich in die Klinik fahren?«

Dietrich winkte ab. Ratlos kniete ich vor seinem Bett, tastete nach seinem Puls, und er erlaubte es mir. Regelmäßig und kräftig pochte es gegen meine Fingerspitzen. »Achtzig Schläge pro Minute«, sagte ich, »ich glaube, das ist normal.«

Dietrich brauste auf. »Eben waren es noch hundert!«

»Vielleicht bist du zu überlebenstrainiert?«

Dietrich sackte ins Kissen zurück.

Ich kochte ihm Tee, ließ ihn eine Beruhigungspille schlucken, bald schnarchte er entspannt und laut wie noch nie. Besorgt betrachtete ich ihn. Seine Rachenmuskulatur schien sich in einem fortgeschrittenen Erschlaffungsstadium zu befinden. Vielleicht sollte er Eugen konsultieren?

Ich legte mich neben den Igel und grübelte los. So wird man nun alt miteinander, kennt sich in- und auswendig, und statt einander zu genießen, ist man unzufrieden, fängt an zu nörgeln, flüchtet sich ins Herzstolpern.

Bei meinen Eltern hatte ich solche Veränderungen nie wahrgenommen. Da gab es nur die Erinnerung an zwei alte, ausgeglichene Menschen, beide eher wortkarg, aber immer liebevoll miteinander. Vater sinnend, stets ein Stück Holz in den Händen in seiner Schreinerwerkstatt, die all die langen DDR-Jahre unverstaatlicht geblieben war. Mutter in heißen Sommern in der Küche neben dem Einweckkessel, im Garten zwischen flatternden weißen Laken, auf der Bank vor dem Haus, von Blumen umgeben. »Kind, komm heraus, wir wollen Wolken schauen!«

Mir war ganz schwach vor Heimweh. Mein Herz stolperte nicht – es wurde neben dem schlafenden Igel in kleine Stücke gesäbelt.

Da war wieder der Dezember 1972, als ich das erste Mal nach meiner DDR-Flucht die Eltern wiedersehen wollte, im Zug mit den Winzlingen Steffi und Henning durchs mecklenburgische Land fuhr. Schwere braune Äcker, Bauminseln, die Alleen – wo gab es die sonst noch? Dann Vater allein auf dem Bahnsteig, hin-

ter ihm die bröselige Fassade des Bahnhofsgebäudes mit der windschiefen Holzveranda, um die eine rote Banderole geschlungen war: ›Der Sozialismus siegt.‹ »Flachsköpfe sind's«, hatte er gesagt und seine Enkel in die Arme geschlossen.
Was macht eine fünfzigjährige Frau, wenn ihre Erinnerungen zu heftig werden? Sie ertrinkt in Tränen. Ich weinte erst mein Kopfkissen naß, dann Dietrichs. Der Igel horchte auf und vergaß zumindest für diese Nacht seinen rasenden Puls.

21

Wir brachten Udo zur Fischteicheinweihung eine Schildkröte mit. Lange hatten wir in der Zoohandlung gesucht, und ich hätte viel lieber einen bunten Vogel mitgenommen als dieses harte gelb-braune Panzertier. Ab und zu schob es seinen winzigen Kopf samt Schrumpelhals hervor und lugte aus Uraltaugen stumpf ins Leere. So ein Vieh sollte man zum hundertsten Geburtstag verschenken. Aber Dietrich hatte auf Udos geheimem Wunsch beharrt, und so standen wir mit Schildkröte und einem Pappkarton voller Salatblätter auf dem irischen Rasen. Diesmal trug ich, ganz schlapp vor lauter Anpassung, Tennisschuhe.
Es waren viele gekommen. Außer Freunden, Kollegen auch einige Lokalgrößen aus der Stadt, die im ausgewogenen Verhältnis den Rasen betrampelten – zwei Frauen von CDU und Grünen, zwei Männer von SPD und FDP. »Man kann nie wissen, wozu Udo die noch brauchen kann«, flüsterte Anna mir ins Hörsturzohr.
Karl brachte weder Fisch, Lurch noch Kröte, er brachte einen Arm voll Sonnenblumen für Anna. Dietrich lächelte mich süffisant an. »Garantiert geklaut, gleich um die Ecke blüht das Feld!«
»Ja und?« sagte ich. »Du klaust mir nie welche.«
»Was soll denn das schon wieder heißen.« Dietrich wandte sich ab und versenkte seinen Blick in Annas Dekolleté.

Erst sah ich einen Schuh, dann eine Hand mit Taschentuch, die den Schuh bearbeitete. Auf einer Bank hinter dem japanischen Fliederbusch saß Eugen und polierte. Obwohl ich fest mit seinem Besuch gerechnet hatte, sausten mir einige Nervenschläge durch den Körper. Ich schob die buschigen Blütendolden zur Seite. »Hallo Kumpel!«

Eugen war kein bißchen überrascht. »Hörstürzchen, endlich! Ich habe schon die ganze Zeit darauf gelauert, von dir entdeckt zu werden.«

Ich setzte mich neben ihn auf die Bank, und er griff sofort nach meinem Ohr. »Wie geht es ihm?«

»Wen meinst du mit ›ihm‹?«

»Deinen Mann meine ich nicht.« Eugen gebrauchte sein dröhnendes Lachen.

»Nicht so laut! Wir sitzen hier doch nicht zwischen Gehrenspitzen und Hoher Munde. Das Ohr? Pfeift unverändert«, sagte ich, »und der Mann hat Herzstolpern.«

Eugens Lippen glänzten feucht. Er ließ mein Ohr los, verstaute den Polierlappen in seinen Jeans. »Du könntest einen Tumor haben.« Knochentrocken sagte er es. »Du mußt das abklären.«

»Wie bitte?« Die Bank wurde zum Karussell.

»Nun werd doch nicht gleich blaß. So etwas kommt sehr selten vor.« Eugen klappte seine Schenkelschere zu. »Bei dir ist es sicher nur ein kleines, schickes Hörstürzchen, aber untersuchen lassen solltest du es.«

»Mir ist schlecht«, stöhnte ich.

»Soll ich dir die Stirn halten?« Er beugte sich grinsend über mich und gab mir einen besonders nassen Kuß.

»Im japanischen Flieder sitzen sie!« Annas Lachen schwang lustvoll durch den Garten. Da teilte Dietrich auch schon mit hektischen Griffen die Zweige. Ich fuhr von der Bank, verlor die Balance, mein schlechtes Gewissen riß mich zu Boden. Im Fallen suchte ich Halt an Eugens langen Beinen, er kippte über mich. Dietrichs verzerrtes Gesicht war schon wieder hinter wippenden Fliederzweigen verschwunden. Wir rappelten uns hoch, stolperten hinaus auf die Wiese, Eugen lachte Tränen, und total überdreht lachte ich mit, fremd und schrill. Einige Gäste musterten uns erwartungsvoll, Anna legte schelmisch den Zeigefinger auf die Lippen, Dietrich starrte ins Wasser.

Wir wurden aufgerufen, uns um den Fischteich zu versammeln. Der war von beachtlicher Größe, Anna hatte viele Blumenbeete opfern müssen. Udo stand mitten im Teich, das heißt, er stand auf einem Brettersteg, einer Art Landungsbrücke, wie für eine Segeljacht gebaut. Und neben ihm stand der rote Plastikeimer, den ich schon auf dem Bahnhof bewundern durfte. Ihm würde nun gleich das exotische Geheimnis entsteigen. Eugen legte den Arm um meine Schultern, Dietrich durchbohrte mich mit kalten Blicken. Gleich klebt er dir eine, fürchtete ich.

Udo hatte inzwischen seinen Zeichenstift aus der Hemdtasche gezogen und klopfte gegen den Plastikeimer. »Liebe Freunde, ihr seid heute hier, weil ich mir einen langgehegten Jugendtraum erfüllt habe. Mein holdes Weib war zwar erst dagegen, aber dann hat sie begriffen, wie romantisch ein Teich sein kann, wie lebendig, so voller Fische.« Ich sah zu Anna hinüber. Die verdrehte die Augen und drückte hinterrücks Karls Hand. Christa entdeckte es und zog Karl energisch weg.

Eugen ließ nicht von seiner Umschulterung ab, Dietrich fixierte die Wasseroberfläche. Filmreif, dachte ich, hochspannungsgeladen! Gleich würde sicher etwas ganz Außergewöhnliches passieren, Nessie würde aus dem Teich auftauchen oder Karl meditierend über das Wasser schreiten, vielleicht würde auch nur eine der umstehenden Damen seufzend in den niederen Fluten verschwinden. Aber nichts dergleichen geschah. Dietrich stürzte sich nicht einmal auf Eugen.

Udo wedelte die beiden Zwillingspärchen heran. Keuchend schleppten sie zwei Kanister und bauten sich damit neben dem Vater auf. Anna bekam eine Flasche Sekt in die Hand gedrückt, die sie auf Udos Kommando am Steg zerschellen lassen sollte. Kraftlos holte Anna aus, die Flasche glitschte über den Steg und dümpelte unversehrt in den Teich. Peinliche Stille, Gegluckse. Die Zwillinge hatten inzwischen die Kanister geöffnet. Ein Gewimmel von goldenen und buntschillernden Fischen kippte ins Wasser. Brave »Ahs« und »Ohs« waren zu hören, bissige Bemerkungen ertranken im Gelächter. Udo legte sich bäuchlings auf den Steg und angelte nach der Sektflasche.

Anna litt. Erst recht, als Udo, Fischfutter streuend, mit seiner Rede fortfuhr. »Im Überlebenstraining«, verkündete er, »da habe ich lernen müssen, mich ganz neu mit der Natur auseinanderzusetzen. Wir müssen wiedergutmachen, was wir ihr angetan haben! Deshalb habe ich diesen Teich gebaut, und deshalb werde ich jetzt auch meinen Rasen wachsen lassen und ihn nur noch schneiden, wenn er es wirklich braucht!«

Die Grünen-Abgeordnete begann begeistert zu klatschen.

Anna und die Zwillinge verteilten Sektgläser. Rundum stießen wir an auf Udos Aquapark. Endlich wurde der rote Plastikeimer geöffnet. Udo griff hinein und förderte eine grün glibbernde Alge zutage. Triumphierend hielt er das Schlabbergewächs in die Höhe. »Das ist die wahre Natur, wie sie nur noch in einem einsamen Schwarzwaldsee hat überleben können.«

»Handgefangen«, knurrte Dietrich und erntete Gejuchze. Ich hätte den Igel jetzt ganz gerne geküßt. Großzügig entließ mich Eugen aus seiner Umklammerung.

Viele Freunde hatten wie wir ein Teichgeschenk dabei. Eugen brachte einen bizarren Fisch, dem Dietrich eine Lebenserwartung von höchstens zwei Tagen prophezeite, Bernhard eine Plastiktüte mit ordinären Kaulquappen, wir lagen mit unserer Schildkröte in der goldenen Mitte. Udo bedankte sich mal überschwenglich, mal gerührt und versprach, alles nach bestem Wissen und Gewissen zu hegen und zu pflegen.

Und wie sollte ich dem Igel nach bestem Wissen und Gewissen den Balanceakt hinterm japanischen Flieder erklären? Kein Wort würde er mir glauben. Stockend begann ich auf der Heimfahrt: »...das vorhin... mit Eugen... auf der Bank...«

»Unter der Bank!« unterbrach Dietrich.

»Na meinetwegen unter der Bank. Eugen hat sich nur... nach meinem Ohr erkundigt.«

»Ah ja.« Dietrich fuhr viel schneller, als sein grüner Punkt erlaubte.

»Du kannst es mir glauben!«

»Tu ich ja auch!« Dietrich raste durch eine Schneise.

»Mir ist so schlecht«, jammerte ich. »Eugen meint, daß ich mich nochmals untersuchen lassen soll. Es könnte ein Tumor sein.«

»Dann mach das.« Dietrich sah mich forschungssüchtig an. »Du wirst doch nichts versäumen wollen!«

»Nein«, sagte ich, »dir zuliebe.« Dann heulte ich los.

Am nächsten Tag rief Eugen an. »Wie geht's deinem Mann?« Er lachte, daß mir das Ohr knallte. »Ich rufe wegen meiner gestrigen Bemerkung an, du weißt schon, Tumor. Du wirktest so verstört. Es ist eine reine Vorsorge. Ich kenne einen guten Radiologen, mit modernster Technik ausgestattet. Den besuchst du mal, es eilt aber nicht.«

Obwohl er alles recht schnoddrig herausgesprudelt hatte, tat mir seine Besorgnis wohl. Fast fühlte ich mich gerührt und zu zärtlicher Hingabe fähig. Aber das ging schlecht durchs Telefon.

»Sehen wir uns denn mal wieder?« fragte Eugen. Seine Stimme hatte wieder diese erotischen Schwingungen, immer nur in seiner Praxis hatte sie das.

»Weiß nicht«, stotterte ich, »du könntest ja Ende September zu meiner Ausstellungseröffnung kommen.«

»Mach ich glatt«, sagte Eugen und legte, sicher sehr elastisch federnd, den Hörer auf.

22

Ich hatte nicht den Radiologen aufgesucht, pfiff feige auf seine modernen Geräte. Ich saß im Zug nach Köln, fuhr einfach nach Köln, um eine Ausstellung zu sehen. Knall auf Fall wie Karl nach Lanzarote. Flucht – das war mir klar. Aber ich war ja im Flüchten schon etwas geübt.

In einer Parfümerie war die Idee über mich hergefallen und hatte mich zum Bahnhof getrieben. Vielleicht war die bleiche, zur Maske geschminkte Verkäuferin daran schuld, die Art, wie sie Tiegel und Tuben öffnete, mich eifrig mit Lotions, Make-up und Puder betupfte, meine Haut mit Cremes massierte. »So spröde, Ihre Haut, die Zellen stehen ja schon nach oben!« Sie beflüsterte meine »arme, arme Haut« mit violett umrahmten Konturenlippen, klapperte wichtig mit Nerzhaarwimpern – Royalblau sei die geeignete Farbe für mich –, und dann dieser neue Duft, ob ich den schon kennen würde, ein Duft, der alle Männer verrückt machte.

Ich wollte mir Gutes tun, wollte nicht in eine Röntgenröhre kriechen, sondern strahlen und duften. Also kaufte ich, was mir gefiel. Gefallen wollte ich – mit Rouge, Make-up, Tusche, Lotion, Cremes für den Tag und die Nacht und einem Flakon zum Männerverrücktmachen. Da kam mir die Ausstellung in Köln gerade recht.

Verwegen griff ich meine Visa-Karte, der Tag gehörte mir. Dietrich würde auf dem Anrufbeantworter eine Nachricht vorfinden.

Ich hatte mich auf einem Sitz des Großraumwagens ausgebreitet, neben mir die vollgestopfte Parfümerietüte, auf dem Schoß eine Illustrierte. Doch zum Lesen fehlte mir die Ruhe. Ich besah mir die Mitreisenden. Schräg gegenüber ein kleines blondes Mädchen, es hielt zwei Puppen vor das Zugfenster, zwei nackte, rosagelbliche Puppenkörper mit knallblauen, runden Augen. ›Nehmen Sie Royalblau für Ihre Wimpern.‹ Die Hände des Mädchens hielten die Puppen fest umklammert, Sonne strahlte gegen die Kunststoffkörper, ließ sie glasig aufleuchten.

Es war Anfang September. Der Zug raste am Rhein entlang, dazwischen kahle braune Felder, dunkle Hügel, gelbgrüne Weinberge, darüber ein kräftigblauer Himmel mit grauweißen Wolkenbänken, scharf gerändert. Die Sonne durchstrahlte das Weiß, machte die Wolken glasiggelb wie die Puppenkörper.

Mir gegenüber verkroch sich eine ältere Frau im Polster, ein blasses Gesicht, von blauschwarz gefärbtem Haar eingerahmt, auf der Oberlippe wucherte ein Altfrauenbärtchen, darüber eine Warze mit schwarzen, stacheligen Borsten. Ich sah ihren verbitterten Mund, sie war sicher kaum älter als ich, solche herabgezogenen Mundwinkel kannte ich – ›trübsinnig‹ nannte sie Eugen. Auch ich besaß eine Warze, zum Glück noch borstenlos und auf dem Rücken. Ich schaute wieder aus dem Zugfenster. Mit breitgefächerten Flügeln schwebte ein Bussard übers Feld, farbgleich Gefieder und Acker.

»Die Loreley!« rief jemand, es war die Mutter des Puppenmädchens. »Siehst du da oben den Felsen? Ich habe dir doch die Sage erzählt.«

»Das Märchen von der blonden Frau?« fragte das Kind.

Die Mutter nickte.

Möchte auch auf dem Felsen hocken wie Loreley, in schwarz-silbriger Mondnacht, möchte mein ›goldenes Haar‹ über den Felsen kippen, möchte Männer verführen! Welch kühner Wunsch mit fünfzig. Auf dem graugrünen Rhein kräuselten sich die Wellen mit weißen Schaumsäumen, grellrot und geil ragte eine Boje aus dem Wassersamt. Ein langhalsiger weißer Schwan schwamm zum Ufer. Möchte ihn zwischen den Schenkeln wiegen wie Leda! Unverschämte Freiheit, Sehnsucht nach einem anderen Leben, warum nicht Tag und Nacht ineinandergleiten lassen auf dem Fluß?

Der Zug hielt in Bonn. Ein Ehepaar erstürmte hochbepackt unseren Waggon. »Hier!« schrie der Mann und klopfte auf das Schildchen über der Gepäckablage. »Hier müssen unsere reservierten Plätze sein!«

Die Plätze waren besetzt. Zwei junge Männer schoben provozierend ihre Jeansbeine in den Gang. »Stehen Sie sofort auf, das sind unsere Plätze!« Der Mann hielt ihnen ein Bündel Scheine vor die Nase. »Hier, können Sie nicht lesen?«

»Oben sind aber keine Reservierungen drin«, sagte einer der Jungs und grinste freundlich, beide blieben sitzen.

»Das laß ich mir nicht bieten!« Blut schoß dem Mann zu Kopf.

Ich beobachtete ihn interessiert. Er mußte so Mitte Fünfzig sein, ziemlich infarktgefährdet wirkte er.

»Du bleibst hier bei dem Gepäck!« befahl er. Seine Frau zuckte die Schultern. »Ich suche nach der Polizei, der Bahnpolizei!«

»Nach dem Schaffner«, sagte gleichmütig die Frau, »wenn du nicht anders kannst.«

»Wir haben ein Recht auf die Plätze, das wäre ja noch schöner...« Mit wehendem Popelinmantel stürmte er davon.

Kurz darauf rauschte der Popelinmantel wieder heran, gefolgt von einer Schaffnerin. Außer sich stieß er seinen Zeigefinger auf die leeren Plastikfächer, in denen keine Reservierungszettel steckten.

»Die Leute nehmen sie raus, da kann ich nichts machen.« Die Dame von der Bahn rückte ihr Kostüm zurecht. Sie ließ das Paar stehen, die jungen Männer feixten, dem Mittfünfziger platzte fast der Kopf.

Ich litt plötzlich mit. So einen Auftritt hätte Dietrich sicher auch zustande gebracht. Entsetzlich! Mir reichte die bloße Vorstellung. Und die Frau wehrte sich weiterhin nicht, stand apathisch-stumpf daneben.

Ich schnappte meine Kosmetiktüte und stand auf. »Hier sind noch zwei Plätze frei, ich steige sowieso gleich aus.«

Die Frau lächelte mich an, ich lächelte zurück.

»Das ist aber wirklich nett, richtig großzügig von Ihnen«, sagte sie, »so gar nicht kleinkariert.« Jetzt war ihr Gesicht lebendig.

Getröstet trollte ich durch den Gang und stärkte mich emanzig-aufmüpfig im Bistro mit einem schwarzen, bitteren Kaffee und einem Grappa.

Auf dem Kölner Bahnhof versenkte ich meinen Verschöne-rungssack in ein Schließfach. Wenige Schritte zum Dom in der Sonne – lange war ich nicht hier gewesen. Junge Leute saßen, lagen auf den Stufen, vom frechen Punker bis zum braven Schüler, zwischendrin ein paar mystische Figuren, weißgeschminkte Gesichter sprangen aus schwarzen Kleiderhöllen.

Ich hockte mich zwischen das bunte Volk, genoß es, allein unter vielen zu sein. Ich lümmelte in der Sonne, zog Schuhe und Pulli aus, rollte die Jeans hoch bis zum Knie, lag da im toppigen Unterkleid, fühlte mich leicht und so jung – und die wirklich Jungen rundherum duldeten mich. Ich fühlte mich aufgenommen und konnte nicht satt werden vom Sonneschlucken. Arme, arme Haut, wo die Zellen schon nach oben standen. Erst nach einer Stunde hatte ich genug und fuhr zur Kunsthalle.

Richard Avedon, eine Retrospektive, Fotos aus fünfzig Jahren erwarteten mich. Ich ließ mir Zeit, blieb lange vor den perfekten Inszenierungen seiner Modefotografien stehen: Mannequins hüpfend, schluchzend an Bistrotischen, auf Rollschuhen über die Place de la Concorde wirbelnd, Avedon machte geschminkte Masken lebendig. Porträtstudien, das Tryptichon des greisen

Igor Strawinsky, die Aufnahmen von Avedons Vater – Studien über fünf Jahre von der Krankheit bis zum Tod.

Die Fotos taten mir weh. Matt lehnte ich mich gegen eine Wand. Vater! Ich besaß nur ein Foto von ihm aus seinen letzten Jahren: Vater mit Steffi und Henning am Strand von Warnemünde. Ein gleißender Junitag, gleißend weiß auch der endlose Strand. Ich lag in dem mehligen Sand, beobachtete Vater mit den tollenden Kindern, wie sie flache Kiesel übers Wasser flitzen ließen gegen die kräuselnden Wellen. Ein überbelichtetes Foto, himmelblau und weiß, der Ostseestrand, so deutsch, daß es schmerzte.

Ich lief weiter: Porträtaufnahmen von Bob Dylan, Eisenhower, Beckett, Bernstein, Andy Warhols vernarbter Bauch, Marilyn Monroes geballte Sinnlichkeit. Ich starrte auf ihren Mund, biß mir unwillkürlich auf die Lippen, knetete sie mit den Zähnen durch, so wie als Teenager vor der Tanzstunde. Die Lippen blühten auf, mein Zeigefinger fuhr darüber. Zufrieden, so blutleer war ich nun doch noch nicht. Marilyn, die Männerwelten betört hatte, was für ein Parfüm hatte sie benutzt? Eins zum Verrücktmachen? Meins lag im Schließfach.

Zwei harte Handteller legten sich über meine Augen, hinter dem Rücken hörte ich ein tiefes, japsendes Lachen, ich fuhr herum, vor mir stand Martin. »Na, Kollegin, was machst du denn in Köln?«

»Das frag ich dich! Ich dachte, du bist in der Provence zum Arbeiten?«

Martin verschränkte die Arme über der gewaltigen Brust und wiegte sich in seinen breiten Hüften. »Gut siehst du aus«, sagte er. »Ich bin seit gestern wieder da.« Er drehte seinen Schädel zu einem Mann, der neben ihm stand. »Ein Freund von mir, lebt hier in Köln, ihr kennt euch sicher nicht.«

»Nein«, sagte ich und stand steif in der Ausstellungshalle.

Der Freund gab mir die Hand und grummelte einen Namen, den mein Hörsturzohr nicht verstand. Dafür verstand ich seine Augen, die mich unverschämt neugierig fixierten.

»Die Monroe bewundert?« fragte Martin.

»Ja«, sagte ich, »ihren Mund.«

»Da werden selbst Frauen schwach, was?« Martin ließ seine

Daumen zwischen Gürtel und Jeans rutschen. »Aber dein Mund leuchtet auch ganz schön lüstern.«

»Macho!« sagte ich.

»Der Macho möchte jetzt ins Café.« Er schaute von mir zu seinem Freund. »Du hast doch noch Zeit und Lust?«

»Von beidem viel«, sagte der und ließ mich nicht aus seiner Blickzange.

Verwirrt besah ich mir den Parkettfußboden und stolperte hinter den Männern ins Café.

»Ich war vor einiger Zeit bei dir«, sagte ich. »Ich wollte deinen Rat zu ein paar Zeichnungen.«

»Gerhardt zu Gantenbein hat's mir erzählt.« Martin schob mir einen Stuhl unter den Hintern. »Er hat mir auch von deinem strengen Mann berichtet.« Wieder sein typisches Japslachen, dann ein tröstender Wangenstreichler. »Komm doch in den nächsten Tagen mal vorbei. Über Arbeit rede ich gern, erst recht mit einer genialen Kollegin.«

»Laß den Quatsch!« Hitze stieg mir in den Kopf. Wenn doch dieser fremde Typ nicht so magische Augen hätte. Ich mußte mich wehren. Schon leicht hypnotisiert, wagte ich den Angriff mit Worten: »Was machen Sie?«

Er stieß seinen Zigarettenmief hoch in die Luft. »Kettenrauchen.«

»Hab ich bemerkt. Und sonst?«

»Ein bißchen von allem, Saxophon blasen, mal ein paar gnädige Brocken bei Funk und Fernsehen einsammeln, und wenn's Geld zu knapp wird, frone ich für einige Zeitungen.«

»Hm«, machte ich, so gleichgültig es ging. Nochmals ein »Hm« – ›ein bißchen von allem‹, das paßte zu ihm, es gefiel mir. Sein Blick ließ nicht locker, und ich schaute jetzt frech zurück. Wilde, rötlich-graue Mähne über buschigen Brauen, hinter einer runden Nickelbrille strahlten, anders konnte man es nicht nennen, zwei türkisblaue Augen.

»Was starrst du ihn so an?« fragte Martin.

»Seine, äh, Ihre Augen, verdammt blau…«

Die Männer lachten, und Martin sagte: »Tja, tja, die blauen Augen vom Wolfgang…«

Wolfgang hieß er also, wie langweilig. Ich schaute ihn wieder an.

»Zu ihnen würde ein irischer Name viel besser passen, wie Brian oder Kevin.« Seine Augen, dachte ich, gleich wird er dich damit verschlucken. Also, den Blick mal schön rausreißen und auf die Tischplatte senken. Ich betrachtete meine Hände, Arme, dabei bemerkte ich, daß es schon achtzehn Uhr war. »Mein Zug!« Ich sprang auf. »Wie soll ich das denn schaffen! Mein Zug fährt in zwölf Minuten.«

»Nimm den nächsten«, sagte Wolfgang, er sagte einfach ›du‹, »oder bleib doch bis morgen.«

»Nein!« rief ich und stürmte zur Tür. Martin kam hinter mir hergelaufen. »Laß das mal den Martin machen! Wir bringen dich mit dem Auto.«

Er zahlte im Galopp, und wir quetschten uns in seinen nagelneuen Porsche. Das Auto beeindruckte mich wenig, ich wußte ja, daß Martin seine Bilder vierstellig verkaufte, das hatte er sich vor Jahren zum Prinzip gemacht, und sein Prinzip funktionierte. Er setzte sich geschickt in Szene. Kürzlich hatte er in einer Kulturfabrik öffentlich gemalt, eine magere Spanierin, die temperamentlos Flamenco tanzte. Martin studierte sie, raste auf die Leinwand los, prügelte mit rudernden Armen Farbe darauf – heraus kam eine üppig-monströs strotzende Zigeunerin. Ein Magazin hatte geschrieben: ›Eine Malsau! Einer der bedeutendsten lebenden Maler Deutschlands.‹

Wir kamen trotz Berufsverkehrs eineinhalb Minuten vor Abfahrt des Zuges an. Martin suchte nach einem Parkplatz und fand keinen.

»Tschüs und tausend Dank!« Ich rannte in die Bahnhofshalle. Hinter mir rannte noch jemand, es war Wolfgang.

Auf dem Bahnsteig packte er mich bei den Schultern. »So verabschiedet man sich nicht... in unserem Alter.«

»Herrje, wie sonst?« Atemlos wischte ich mir die nasse Stirn. »In unserem Alter sind wir übrigens infarktgefährdet.«

»Wir doch nicht!« Wolfgang lachte, der Lautsprecher plärrte eine Zugverspätung dazwischen. »Hörst du? Das hätten wir wissen müssen!« Er verschluckte mich wieder mit seinen blauen Augen. »Wie verbindend doch so eine Verspätung sein kann.« Aus seiner abgewetzten Lederjacke zog er ein Notizbuch. »Gib mir deine Telefonnummer, bitte.«

»Warum?«

»Weil ich dich anrufen, weil ich dich wiedersehen will.«

»Das geht nicht..., ich bin... verheiratet.« Mein Gott, fiel mir nichts Besseres ein?

»Ja und?« fragte Wolfgang. »Ich habe eine feste Freundin, die liebe ich sogar.«

»Ich liebe meinen Mann auch.« Es hätte nicht viel gefehlt, und ich hätte mit den Fäusten seine Brust betrommelt, die Brust, die unverschämt aus dem geöffneten Baumwollhemd sprang, dicht bewachsen, rötlich-grau.

Der Zug fuhr ein. Wolfgang packte mich nochmals bei den Schultern, er gab mir einen Kuß. Seine Lippen berührten kaum die meinen, weich und trocken und sehr elektrisch traf es mich bis in die Zehenspitzen. Himmel, das mußte schiefgehen!

23

Ich hatte meine Telefonnummer nicht verraten. Betäubt war ich durch den Abend gebraust, die zwei Stunden kamen mir vor wie Sekunden, immer wieder spürte ich diesen flüchtigen Kuß, er brannte.

Nimm dich in acht, Marie, warnte das Gewissen, das sieht ganz nach verdrehtem Kopf aus, ziemlich heftig sogar.

Zu Hause stürmte ich gleich in den Wohnraum. Dietrich hing im Sessel, einen Stoß Zeitungen und Bücher auf dem Schoß, zufrieden und munter und gar nicht pulszählend. Er schien mich nicht heiß erwartet zu haben, umständlich sortierte er seine Literatur, schob und wendete Papierstöße.

»Na, wie war's?« fragte er.

»Wunderbar«, sagte ich, »solche Fotos möchte ich auch machen können, einmalige Studien!« Ich sah ihn prüfend an. »Das hätte dich aber nicht interessiert, gell?«

»Wieso nicht?« Dietrich quälte sich aus dem bodennahen Polster. »Fotografie interessiert mich. Wer fotografiert denn von uns beiden?«

Seine Stimme bekam diese vertraute Gereiztheit. Ablenken,

dachte ich, schnell ablenken, los, Marie, laß dir etwas einfallen. Das Parfüm! Genau, das war der Stimmungsretter, ich würde ihm jetzt meine Neuerwerbung zum Männerverrücktmachen vorführen.

»Ich habe dir was mit-ge-bracht!« trällerte ich und sauste in die Diele. Da lag mein einsamer Ledersack, und da fiel es mir auch sofort wieder ein: Die Kosmetiktüte ruhte sicher verschlossen auf dem Kölner Bahnhof. Ohne lange zu grübeln, fischte ich den Schlüssel aus dem Portemonnaie, diesmal arbeiteten die müden grauen Zellen fix. Ich ging zurück in den Wohnraum, schlenkerte den Schlüssel vor Dietrichs Augen und trällerte weiter: »Ich hab noch eine Tü-te in Kö-höln! Und deshalb muß ich noch-mals dort-hin gö-höln!«

»Sag mal, bist du übergeschnappt?« Dietrichs Formelblick durchdrang mich. »Überhaupt, du bist so aufgedreht! Du strahlst was aus, was Beunruhigendes.«

»Ach Igel!« Ich fuhr ihm durch die dichten Haare. »Was soll ich denn schon ausstrahlen?«

Herrlich beunruhigt ging ich in die Küche und machte mich ans Geschirrspülereinräumen. Und Dietrich riß mir keinen schmutzigen Teller aus der Hand, er riß mich an sich und vögelte mich mit Wucht über der Maschine. Das war neu und hatte was Apartes.

In der Nacht hatte ich lange wachgelegen. Dieser Wolfgang ging mir nicht aus dem Kopf. Ich trödelte durch den Vormittag. Das konnte ich mir leisten, Frau Martens hatte die Zeichnungen für die Ausstellung abgesegnet, dreiundzwanzig Blätter harrten in einem Hinterzimmer der Galerie auf die Eröffnung. Mit viel Muße ordnete ich Dietrichs Schreibtisch, sortierte Bücher, Zeitungen, Prospekte, die er gestern abend auf dem Sessel hatte liegenlassen. Bei der dritten Autozeitschrift wurde ich stutzig, erst recht, als ich mindestens zehn Prospekte über die verschiedensten Mercedes-Typen fand. Wieso interessierte sich Dietrich plötzlich für Autos? Wieso ausgerechnet für einen Spießer, mein Öko-Dietrich, der unseren sieben Jahre alten VW bis ans Lebensende fahren wollte?

Ich blätterte die Prospekte durch und fand jede Menge Notizen und Daten neben die Abbildung eines Sportcabrios gekritzelt. Das durfte doch nicht wahr sein! Nach der ersten Verblüffung lachte ich los. War das sein Kleinjungentraum, sorgsam im Herzen versteckt und gehütet, nie herausgelassen ins Freie, nie ausgesprochen? So wie Udo seinen Fischteich brauchte, brauchte Dietrich jetzt seinen Mercedes-Sport!

Und Pit hatte ein schwarzes Marmorbad gebraucht, mit Whirlpool, riesiger Herzwanne, gleißenden Kristallspiegeln an Wänden und Decke. Eigensinnig hatte er es im Keller einbauen lassen, allem Gezeter von Helge getrotzt. Und dann lag Pit jeden Abend, jedes Wochenende einsam in seinem schwarzen Marmor – so lange, bis Helge ihn verlassen hatte.

Mercedes-Sport! Irgendwie rührte mich Dietrichs geheimer Wunsch. Aber da ich unseren stets in den Miesen hängenden Kontostand kannte, mußte ich mich nicht groß sorgen, in einem Luxusschlitten spazierengefahren zu werden. Es sei denn, Dietrich hätte heimlich gespart! Jahrelang auf ein Geheimkonto eingezahlt, so wie Vater damals, als er im Juni einundsechzig plötzlich, stolz strahlend, mit einem Fernseher in der Wohnzimmertür stand. Es gab auch noch die Möglichkeit einer verschwiegenen Erbschaft, oder Dietrichs Mutter... Ach nein, dazu kannte ich meinen Igel zu gut, dazu war er zu ehrlich.

Was für ein Auto Wolfgang wohl fuhr? Raus aus dem Kopf mit dem Quatsch! Ich radelte zum Markt und kaufte einen Arm voll rosafarbener Malven. Blumen liebte ich üppig, sie sollten für Petra sein.

24

Die Kaffeerunde war komplett. Petra zählte eifrig durch, alle acht Frauen waren erschienen. Der Grund der Einladung war Petras neues Sofa, das heißt ein altes, Petra hatte geerbt, ein Sofa ihrer Tante Gertrud, ein Sofa, auf dem sie viele Kinderjahre hindurch gesessen hatte, und weil die Erinnerungen daran wohl so schmerzlich schön waren, hatte sie es neu aufpolstern lassen.

»Ob ihr's glaubt oder nicht«, Petra balancierte eine Butter-

cremetorte zum Tisch, »die Aufarbeitung des Sofas hat sage und
schreibe siebentausend Mark gekostet.«

»Bist du noch zu retten?« rief Anna.

»Das ist mir die Erinnerung wert«, verteidigte sich Petra. »Bernhard sieht das auch so.« Sie verteilte Tortenstücke auf die Teller.
»Ein Rezept von Tante Gertrud.«

»Na, dann Prost auf die Gertrude«, sagte Christa und goß sich
ein Glas Sherry ein, den Petra für die blaue Stunde bereitgestellt
hatte.

An sich haßte ich solche Nachmittagskränzchen. Nichts als
Klatsch und Tratsch, selten war es anders. Aber heute hatte ich
Lust, sogar auf einen Weibernachmittag, vergnügt besah ich mir
die Runde. Helge und Monika hatte ich seit Annas Geburtstag
nicht mehr gesehen, beide waren seit Monaten mit der Trennung
vom Partner beschäftigt. Zwei Gesichter waren neu.

Petra kam mit weiteren Kuchen aus der Küche, Zwetschge und
Apfel. Wir futterten los, Petra bediente uns mit Tee und Kaffee
und erzählte nebenher von dem Transportdrama des Erbstücks.
Das Möbel hatte man nicht durch das Treppenhaus bekommen,
nur durch das große Fenster sei es gegangen, »hochgeseilt«,
kicherte sie. »Ich war so mit den Nerven fertig, daß ich den Lie-
ferschein des Polsterers mit ›Petra Polster‹ unterschrieben habe.
Die Frauenrunde brach in quietschendes Gelächter aus. Christa
meinte, Petra solle froh sein, ihren Vornamen noch erinnert zu
haben. Wir lachten und redeten weiter, nicht nur über die drei
berüchtigten ›Ks‹, aber auch nicht weit weg davon. Ein viertes
›K‹, Kultur, kam hinzu, gewürzt mit etwas Politik und Beruf –
zwei der geladenen Frauen hatten noch mit Ende Vierzig Lehre
und Studium gewagt.

Aber bald waren die Männer dran, das Thema war doch stets am
reizvollsten. Anna hatte schon lange darauf gelauert. »Udo ist
nach dem Überlebenstraining wirklich wie umgekrempelt. Ich
kann es immer noch nicht fassen«, sprudelte sie, »mein Alter ist
wieder der alte, so wie vor zwanzig Jahren.« Zur Bekräftigung
schob sie mit beiden Händen ihre Brüste in die Höhe. »Ich
komme mir vor wie in den zweiten Flitterwochen! Wir liegen
abends auf unserem Steg und sehen den Fischen zu, fast alle
haben inzwischen Namen, das Gras wuchert um uns herum…

Und wir schlafen wieder jeden Tag zusammen – nach dem Essen...«

»Jeden Tag? Und das findest du toll?« Monika machte ein angewidertes Gesicht. »Ich bin froh, daß ich bald meine Ruhe habe.«

»Ich hab jetzt meine Ruhe«, eiferte Helge, »gestern abend zum Beispiel stieß ich zufällig mal wieder auf meinen Pit, es war bei einer GEW-Versammlung, und als er mich sah, wußte er nichts Besseres zu sagen als: ›Ach du – ich muß mal pinkeln gehen.‹« Hämisches Frauengekreisch.

Doch Anna ließ sich nicht beirren. »Ich will noch nicht meine Ruhe. Ich finde die Liebe toll! Stellt euch vor, Udo hat neulich einfach einen Wettbewerb ausgeschlagen, damit wir mehr Zeit füreinander haben.«

»Dann hast du ja gar keine Zeit mehr für Karl!« sagte Christa. Sie lächelte zuckersüß. »Wir sind neuerdings in einem Tantra-Kurs, da üben wir indisches Meditieren. Wenn du's kannst, hebst du völlig ab, stundenlange Orgasmen...«

»Geschenkt«, knurrte Helge.

»Ich beneide Anna«, seufzte Petra, »leider ist es bei Bernhard in letzter Zeit genau umgekehrt. Er ist nörgelig, muffig, fast depressiv. Stumm hockt er hinter Zeitungen und Büchern und tut nur so, als ob er liest. Ich mach mir ehrlich Sorgen um ihn.« Sie stopfte sich gleich ein halbes Stück von Tante Gertruds Torte in den Mund. »Aber vielleicht quält er sich auch nur mit seinem Rheuma.«

»Meiner wollte zur Abwechslung gestern mal für fünf Jahre nach Ecuador auswandern.« Die Lehrlingsfrau streichelte Petra den Arm. »Die Männer werden ab fünfzig sowieso alle knöterig und egozentrisch.«

Die Damen nickten, ich zuckte die Schultern. Die Macken der fünfzigjährigen Männer waren mir im Moment egal, denn ich hatte ja noch eine Tü-hü-te in Kö-höln!

»Die machen genau wie wir ein Klimakterium durch«, sagte die Studienanfängerin, sie studierte Medizin. »Mit ebensolchen Schwierigkeiten wie wir Frauen, vielleicht noch viel größeren.«

Nun waren wir beim fünften ›K‹. »Ich habe nie gedacht, daß

mich das Klimakterium so beuteln würde«, jammerte Petra, »ausgerechnet mich, wo ich doch noch so sportlich bin.« Stöhnend hielt sie sich den Rücken. Sie war jetzt sicher beim dritten Buttercremetortenstück und auf dem besten Weg, eine Konkurrenz für Mutti zu werden. Ich könnte sie ja mal zusammen einladen an einem langen Sonntagnachmittag – Petra würde Mutti auch viel besser als Schwiegertochter stehen.

»Im Klimakterium muß man sich entscheiden«, Anna feixte, »ob Ziege oder Kuh...«

»Wie frauenfeindlich!« Helge strich sich das aschgraue Haar aus der Stirn. »Ich kann wunderbar alt werden, ohne künstliche Hormone, ohne liftende Cremes und diese ganze Chemie..., auch ohne Sex. Ich habe meine Sozialarbeit, Politik, Altenpflege, und das alles neben meinem schweren Beruf als Lehrerin.«

»Aber durchs Klimakterium mußt du trotzdem.« Anna blickte Helge abschätzend an. »Ich glaube, du entscheidest dich für Ziege.«

»Und du für Kuh, wirst auch immer fetter!« Helge fuhr fauchend herum. »Nicht nur frauenfeindlich, sondern auch noch gehässig!«

Das fünfte ›K‹ gab enorm viel her. Von kalten Schweißausbrüchen über Konzentrationsstörungen zu fliegender Hitze, beginnender Inkontinenz, stumpfem Haar und trockenen Schleimhäuten.

Ich flüchtete ins Bad, Anna folgte in Tanzstundenmanier. »Nicht zum Aushalten ist das!« Sie gluckste lustvoll. »Mir ist jetzt überhaupt nicht mehr nach Klimakterium zumute. Und du?« Sie kniff mich in den Arm. »Du siehst auch nicht danach aus, jedenfalls heute nicht. Du strahlst so was aus, bist du verliebt?«

»Vielleicht«, sagte ich und bürstete mir das noch nicht stumpfe Haar.

»Seit wann sagst du ›vielleicht‹?« Anna rollte die Augen. »Bei dir ist irgend etwas durcheinander!«

»Vielleicht der Saft!« trällerte ich.

»Und soo ordinär bist du sonst auch nicht.« Anna gab mir einen Kuß. »Ich gönn's dir, ehrlich. Du brauchst mir nichts zu erzählen, jedenfalls nicht hier und heute – hach, was bin ich neugierig! Versprichst du mir, daß du es genießt?«

»Bisher gibt's noch nichts zu genießen. Es ist nur eine Traumwolke, weiter nichts.«

Wir gingen zurück auf Frau Polsters Sofa. Inzwischen war man ohne Schwierigkeiten vom fünften zum sechsten ›K‹, den Krankheiten, gekommen. Eine der mir unbekannten Frauen erzählte gerade von ihrer Kernspintomographie.

»Ich lag eingezwängt in diese Röhre, die Arme eng an den Körper gepreßt – man denkt, daß einem die Luft wegbleibt.« Sie stand auf und legte die Hände an die Hosennaht. »Du bekommst eine Spritze, darfst dich nicht rühren, und dann geht's los. Klack, klack, klack, tackert es um dich herum in der Dunkelheit – die Magnetfelder suchen deinen Körper nach Tumoren ab.« Sie sah mitleidheischend von einer zur anderen. »Dabei die Nerven zu behalten, wenn du alle paar Sekunden denkst, jetzt hat er was gefunden, das ist schon eine Kraftprobe.«

»Das könnte ich nie!« stöhnte Petra. »Ich kann ja noch nicht mal in die Sauna, ich krieg sofort 'ne ..., na, wie heißt denn nur diese Panik ...«

»Konzentrationsschwäche«, sagte ich, »fängt mit ›K‹ an wie Klimakterium, Krankenhaus, Kur, Krätze, Kotzen!«

Petra griff beleidigt nach der Flasche. »Und dir fällt immer sofort alles ein!«

»Verzeih.« Ich mühte mich zu lächeln. »Aber wenn ich das Wort Tumor höre, drehe ich etwas durch, genau wie du in der Sauna mit deiner Klaustrophobie.«

»Klau-stro-pho-bie«, sagte Petra andächtig, »Klaustrophobie, genau.«

»Wieso drehst du denn durch?« Christa beugte sich vor und schaute mich begierig an.

»Ach, nichts«, sagte ich, kippte den Sherry und verabschiedete mich mitten in der blauen Stunde.

25

Dietrich hatte mir Blumen mitgebracht. Ein dichter Strauß weinroter Astern thronte auf dem Geschirrspüler. »Ohne daß Hochzeitstag, Kennenlern- oder Geburtstag ist!« flötete Dietrich. Er strich mit Kater Fritz um mich herum und guckte mich an, viel zu unternehmungslustig.

Wenn er dachte, daß wir jetzt jeden Abend über der Maschine… Hilfe – vielleicht brauchte er neuerdings solche Anregungen? Womöglich machte er bald den Vorschlag, daß ich in schwarzes Latex gehüllt wie ein Taucher im Bett erscheinen sollte… oder im Glänzegummi, nur Augen und Nase frei, anonym neben ihm im lackroten Mercedes-Sport…!

Ich gab ihm einen flüchtigen Kuß. »Wie lieb von dir. Die Maiglöckchen nach Annas Geburtstag habe ich noch in zärtlicher Erinnerung.«

»Wirklich?« schnurrte Dietrich in meinen Nacken. Fritz schnurrte mir um die Waden.

Ich schob die beiden sanft zurück. »Laßt mich, ich will uns noch schnell einen Salat machen.«

Dietrich spielte den Beleidigten mit Charme. »Ich laß dich, ich laß dich nicht… Da sind übrigens Anrufe auf dem Band. Henning und Steffi haben ihr Kommen zu deiner Ausstellung angekündigt, und irgendein Zeitungsmensch will ein Interview mit dir machen.«

Irgendein…? Ich hastete zum Telefon, spulte das Band zurück. Warum mußten die Kinder ausgerechnet heute soviel erzählen. Endlich hatte ich seine Stimme. Ganz sachlich kam die Bitte, ich möge einen Wolfgang Stein anrufen, zwecks Interview. Er habe von meiner Ausstellung gehört, das interessiere ihn und sein Blatt. Ich solle mich doch bitte unter folgender Nummer melden. Er nannte die Nummer, ich war so zittrig, daß ich mich viermal verschrieb und Dietrich bat, sie doch korrekt zu notieren.

»Sieh mal einer an«, sagte der, »meine kleine Marie wird nun doch noch berühmt.«

»Quatsch!« Ich saß da mit hochrotem Kopf und konnte nur das eine denken: Er hat angerufen! Ich soll ihn anrufen!

Ich mühte mich redlich, den Abendsalat nicht zu versalzen.

Es kam die zweite schlaflose Nacht. Erst im Morgengrauen sackte ich in wirre Träume. Ich stand in einem Hotel vor dem Spiegel und kämmte mich, an jedem feinen Haar hing eine schwere Dolde von rosa Mandelblüten, und bei jedem Kammstrich fiel bündelweise das Blütendoldenhaar zur Erde. In panischem Entsetzen rannte ich nackt durchs Hotel, gelangte in einen kleinen Saal, überfüllt mit eifrig diskutierenden Frauen. Sie reichten mir ein Blatt, auf das ich meinen Namen mit Adresse schreiben sollte. Ich probierte und probierte, scheiterte schon an der Marie, selbst in Druckschrift bekam ich nur MRI zustande. »Konzentrationsschwach!« sagte eine Frau und entriß mir das Blatt. Plötzlich sah ich aus einem Domfenster auf eine norddeutsche Stadt hinunter, es mußte Rostock sein, ein Mönch sagte mir, das Fenster sei die Tür, ich öffnete es und trat nicht hinaus, stürzte nicht hinab, sondern rannte, rannte angestrengt aus dem Portal auf einen Mann zu. Wolfgang! Ich umschlang ihn – und hielt eine weiße, federleichte Styroporfigur in den Armen.

Es war zehn Uhr dreißig, als ich aufwachte. Traumtrunken taumelte ich ins Bad, duschte eiskalt und genoß es. Mit klarem Kopf wählte ich die Nummer, die Dietrich für mich notiert hatte.

Schon nach dem zweiten Freizeichen meldete sich eine Frauenstimme. »Jaaa?«

Ich konnte Leute nicht ausstehen, die sich so meldeten. Los, Luise, beiß die Zähne zusammen, kämpf dich durch! »Könnte ich Wolfgang Stein sprechen?«

»Der ist gerade beim ›Anzeiger‹.« Stille.

»Könnten Sie ihm bitte ausrichten, daß ich angerufen habe?« Weiterhin Stille. »Er wollte nämlich ein Interview mit mir machen!« Wozu erklärte ich ihr das überhaupt?

»Jaha? Wie ist ihr Name?«

»Marie-Luise Mechlenburg.«

»Mecklenburg?«

»Nein! Mechlenburg!«

»Wie komisch.« Ein überspanntes Gelächter. »Ich schreib's ihm auf – tschühüs!«

Dämliche Kuh, wie sie wohl aussah? Ich kochte mir Kaffee und gab meinem nüchternen Magen erst mal einige Streicheleinheiten Vollmilch-Sahne. Mit der Zeitung zwang ich mich an den Tisch, alle Sinne umlauerten das Telefon, groß war die Sorge, mein Hörsturzohr könnte das Läuten überhören. Mir war schwindlig wie mit sechzehn vor dem ersten Erdbeersahnekuß.

Aber jetzt bist du fünfzig, meuterte das Gewissen, reiß dich zusammen, verkneif's dir, es ist noch früh genug, um nein zu sagen!

Nur einmal ausprobieren, bettelte ich.

Und was hast du davon? Nur Aufregung, Ärger und...

Da klingelte das Telefon. Ich stürzte an den Apparat, es war Wolfgang.

»Wann kommst du?« Seine Stimme vibrierte, betörte.

Diese Direktheit machte mich noch willensschwächer oder eher willensstärker. Ich sagte, ohne groß zu überlegen: »Morgen – mit dem Zug – kurz nach dreizehn Uhr.«

»Ich freue mich auf dich.« Warm und lockend sagte er es.

Ich stammelte nur: »Ich auch.« Schnell legte ich den Hörer auf, damit mir das schlechte Gewissen nicht dazwischenfunken konnte.

Es meldete sich trotzdem: Muß das denn sein?

Ja, es muß!

Ich mußte es ausprobieren, und ich hatte eine verrückte Angst, daß mich etwas davon abhalten könnte. Eine ähnliche Angst hatte mich schon einmal als Fünfzehnjährige ergriffen. Ich hatte den sowjetischen Film ›Wenn die Kraniche ziehn‹ gesehen, war wie in Trance mit dem Rad nicht nach Hause gefahren, sondern an den nahen See, hatte mich in der Abenddämmerung an das einsame Ufer gehockt und die Bilder des Films zurückgeholt: zwei sich Liebende in einem Birkenwald, wirbelnd-drehende Birkenstämme, am Himmel oben die Kraniche. Und dann die Szene am Klavier, diese leidenschaftliche Liebe zwischen Sirenen und Bombenhagel, so furchtlos. Ich hatte mir geschworen: Wenn es morgen wieder einen Krieg geben sollte, ich würde die Liebe vorher ausprobieren, egal wie, dann könnte ich in Ruhe sterben...

Jetzt drohte zwar kein Krieg, aber trotzdem... Ich schleppte das

Bügelbrett auf den Balkon und widmete mich Dietrichs Oberhemden, bügelte voller Hingabe. Im Radio unterstützte mich der
chansonnierende André Heller: ›Warum soll eine Frau kein Verhältnis haben…‹

26

Diesmal fuhr ich die Strecke nach Köln mit geschlossenen Au-
gen. Selbst wenn ich sie öffnete, sah ich nichts von Rhein und
Loreley, auch die Mitreisenden verschwammen im Abteilnebel.
Alles flatterte und schwirrte in mir, ein Kloß aus Freude und
Angst stopfte mir den Hals. Ich saß in eine Polsterecke gedrückt,
das Gewissen saß klein und häßlich in einer Ecke meines Kopfes.
Auf der Mitte der Strecke schoß es giftig zischelnd hervor.
Steig aus, du liebst nur den Dietrich.
Doch die Kraniche halfen mir… Furchtlose Liebe muß es
sein!
Hoffentlich war ich richtig angezogen. Ich besah meine nackten
braunen Beine, die goldenen Sandaletten. Schon am Vortag hatte
ich den Kleiderschrank nach etwas Passendem durchwühlt, hatte
an- und ausprobiert, war immer unschlüssiger geworden, bis mir
dieser alte Sommerfummel in die Hände fiel, ein lockeres, durch-
geknöpftes Viskosekleid, braungrundig, bestreut mit winzigen
pinkfarbenen Zigaretten. Ein Kettenraucherkleid – wunderbar!
Hoffentlich würde das Wetter mitspielen.
Ich schlug ein Bein übers andere, das andere übers eine, öffnete
das Kleid oben und unten um einen weiteren Knopf, Himmel,
was hitzte der Körper, was stürmte das Herz, was waren die
Hände und Füße so frostig.
Draußen wollte der Sommer noch mal Sommer sein. Viel zu
schnell oder viel zu langsam kam ich in Köln an. Ich kletterte aus
dem Zug, taubes Stelzengefühl in den Beinen. Und dann rannte
ein Mann auf mich zu, schloß mich lachend in seinen Armen ein,
wollte mich nicht mehr loslassen, ein Fleisch-und-Blut-Mann,
keiner aus Styropor.
Wir küßten uns gierig und so ehrlich, daß es nichts zu entschuldi-

gen gab. Ich schmeckte ihn, seine Haut, sein Haar und wollte ihn sofort. Züge kamen an, fuhren ab, ein Menschenschub riß uns mit, auseinander, drückte uns wieder zusammen.

Vor dem Bahnhof stand kein Auto, sondern ein Motorrad. Ein Easy-Rider war er also! Kein Wolfgang, ein Kevin, so wollte ich ihn. Wir röhrten am Dom vorbei, hinab zur Altstadt, ich um-klammerte seine Hüften, alles ganz selbstverständlich und doch so rauschhaft, so unverschämt vertraut bei aller Gier. Wir muß-ten uns aus einem früheren Leben kennen, das war es!

Kevin hielt am Rheinufer, und wir spazierten, zusammen gut hundert Jahre, mitten im jetzigen Leben, laokoonhaft verschlun-gen in eine etwas heruntergekommene Kneipe.

»Hier sind wir für uns«, sagte Kevin, »hier stören uns keine lästi-gen Blicke.«

Nur ein Tisch war besetzt, ein Säuferpaar hing auf einer Eck-bank. Die Frau, dauergewellt, platinblond, ein wüstes Gesicht, den verfetteten Körper in grellbunter Kittelschürze, musterte uns mit Schleieraugen. Ihr Verehrer, eher klein und schmächtig, stierte ins Leere, das Bierglas zwischen den verkrümmten Fin-gern. Für eine Sekunde wurde ich unsicher.

Wir bestellten Kölsch, Kartoffelsalat und Buletten. Bockwurst mit Pommes wäre die Alternative gewesen. Zwischen zwei Küs-sen bediente uns der Ober. Er stellte das Radio lauter, gab uns eine Decke aus Musik.

»Hör mal, Joe Cocker«, stöhnte Kevin, »you – are – so – beauti-ful...« Er griff mir völlig ungeniert in den Ausschnitt und strei-chelte meine Brüste.

»Ich mag ihn«, sagte ich und zitterte.

»Ich mag sie...« Wir küßten uns schon wieder.

»Ach Kevin.« Meine Hand rutschte in sein geöffnetes Hemd. »Ich muß dich anfassen, spüren.«

Viel später oder wenig später verließen wir die Pinte, wir brau-sten aus der Stadt, am Rhein entlang. Wir lagen im sonnenwar-men Gras, über uns ein Pflaumenbaum, übersät mit blauviolet-ten Früchten, darüber ein Septembersommerhimmel, licht und blau, eine einsame weiße Wolke schwebte darüber hin. Ich blickte in den hohen Himmel, dachte plötzlich an Nachmittage im rauhen Gras an der Elbe, damals hatten wir Hölderlin und Brecht zitiert.

»Kevin, hör mal: ›An jenem Tag im blauen Mond September – Still unter einem jungen Pflaumenbaum – Da hielt ich sie, die stille bleiche Liebe – In meinem Arm wie einen holden Traum – Und über uns im schönen Sommerhimmel – War eine Wolke‹...«

»Schau in den Himmel, da schwebt sie«, sagte Kevin.

»Ja, ich weiß! ›Sie war sehr weiß und ungeheuer oben‹... Sag mal, kennst du das Gedicht?«

»Könnte von Brecht sein.«

»Genau: Erinnerung an Marie«, ich küßte ihn, »an: Marie A.!« Ich fuhr mit dem Zeigefinger über seine Lippen. »Alles so vertraut. Trotzdem mußt du mir von dir erzählen – viel!«

Er zog mich auf seine Brust. »Ich muß dich nur anschauen«, er lachte warm, »nichts erzählen... Du kennst mich doch, und ich kenn dich, bestimmt haben wir uns schon einmal geliebt.«

»Das hab ich vorhin auch gedacht – so ein Unsinn, so eine Spinnerei, aber warum eigentlich nicht?« Ich schaute hinauf in die Zweige und entdeckte im Sonnenlicht ein glitzerndes Spinnennetz. »Altweibersommer!« sagte ich.

27

Auf einer Hotelterrasse tranken wir Kaffee, und Kevin bestellte mutig eine Flasche Champagner. Er zwinkerte mir zu. »Zur Stärkung danach!«

Ein kurzer Blick über die Terrasse, schon wieder ertrank ich in Kevins Augen. Wie konnte man nur so türkisblaue Abgründe haben! In seine Abgründe hatte ich mich gestürzt, bewußt, lustvoll – und mein Gewissen gleich dazu. Wir hatten uns unterm Pflaumenbaum geliebt, hemmungslos und unverkrampft, Brecht hatte irgendwo vom Himmel zugeschaut, uns seinen lyrischen Segen gegönnt.

Noch voller Lust schlürfte ich den Champagner, wie eine Eintagsfliege wollte ich genießen, auskosten und probieren, jede

Stunde. Kevin nahm mein Glas, fuhr mit der Zunge den Spuren nach, die meine Lippen hinterlassen hatten. Ich legte ihm die nackten Beine auf den Schoß. »Ich bin so voll mit sattem Glück.«

»Und ich spür dich – immer noch, überall.« Er blickte mich verschmitzt an. »Tust du mir einen Gefallen?«

»Ja?«

»Zieh dich aus für mich, ich möchte dich noch mal nackt haben.«

»Wie bitte?«

»Nicht ganz nackt.« Er grinste frech. »Zieh nur dein Höschen aus! Ich möchte sehen, wie du gehst, der dünne Stoff auf deiner Haut, swinging Marie... Bitte, tu's für mich!«

»Nein, unmöglich!«

»Kein Mensch wird es bemerken, komm, unter dem Kleid die nackte Marie, inmitten dieser Snobs, komm, mach mich verrückt!«

»Das kann ich nicht.« Schroff wandte ich mich ab. »Versteh«, sagte ich, schon wieder voller weicher Lust, »nicht heute, ein anderes Mal, ich versprech es dir.«

»Schade«, seufzte Kevin, »aber ich sehe dich trotzdem, wie ich will.«

Wir liefen uns küssend am Ufer entlang, und wieder dachte ich: Warum nicht auf dem Fluß leben, warum nicht Wasserfrau sein, auf einem Schiff an Kevins Seite? Traumgespinst, Spinnerei!

Durch die Abenddämmerung knatterten wir in die Stadt zurück. Kevin hatte mich in seine Lederjacke eingepackt, war nur im Hemd aufs Motorrad gestiegen.

»Du wirst dich erkälten!« Ich umschlang ihn besorgt. »Das hält der jüngste Mann nicht aus.«

»Mich kriegt noch keiner kaputt! Außerdem: So eine kleine Grippe deinetwegen leiste ich mir gern. Da spür ich dich prickelnd bei jedem Nieser oder Fieberschauer.«

Wir stromerten durch die Stadt, und je näher mein Abfahrtstermin rückte, um so mehr klebten wir aneinander, an jeder Ecke, jedem Eingang, jedem Torbogen. Schließlich wurden wir im Küssen von einer Gruppe Jugendlicher einfach durch eine Tür geschoben.

»Was wollen denn die Grufties hier?« fragte ein punkiges Mädchen. Sie stand hinterm Tresen, Bierschaum schwappte ihr über die Hände. Die Jugend zuckte die Achseln, wir grinsten uns an, klemmten uns auf eine schmale Bank. In einer Disco-Grotte waren wir gelandet. Künstlicher Fels aus Pappmaché, bezogen mit Goldfolie, über der Tanzfläche drehte sich eine Kugel aus unzähligen Glimmerplättchen, eine Lichtorgel schoß darüber hinweg, auf die leere Tanzfläche hinab. Die Jugendlichen hatten sich in eine Ecke vor den Fernseher gehockt, ein Fußballspiel wurde übertragen.

»Wie spät ist es eigentlich?« Ich schaute auf die Uhr. »Nein! In vier Minuten geht mein Zug! Diesmal schaffen wir es nicht.«

»Bleib!« Betörend sagte er es – wie vor drei Tagen. Diese Verschluckaugen, die er hatte, er drückte mich mit ihnen einfach auf die Bank zurück.

»Gut, ich bleibe bis zum nächsten Zug. Ich schenk uns noch zwei Stunden.«

»Danke«, sagte Kevin.

Ich ging an den Bartresen und rief Dietrich an.

»Wo steckst du denn?« kam es vertraut-gereizt. »Soll ich dich vom Bahnhof abholen?«

»Nein, nein«, jetzt kam ich wirklich ins Stottern, »ich, äh..., ich bin noch in Köln, weißt du, das Interview hat viel länger angehalten, äh, gedauert, ich komme erst mit dem letzten Zug.« Meine Güte, was konnte ich schlecht lügen.

»Dann nimm dir ein Taxi«, sagte Dietrich. Seine Stimme klang jetzt liebevoll besorgt. »Und paß auf dich auf.«

»Ach Igel, was du schon wieder denkst!«

»Was soll ich denn denken?« Er lachte vergnügt.

Schnell legte ich den Hörer auf.

Miststück! zischte das Gewissen.

Kevin hatte uns Wein besorgt. Er zog mich auf die Tanzfläche, und – das mußte der Teufel sein, der im Kabel steckte – aus den Lautsprechern röhrte kein Hardrock oder Techno-Gestampfe, Joe Cocker sang: »You are so beautiful...«, noch inbrünstiger als am Mittag, schien mir. Wir standen mehr auf der Tanzfläche, als daß wir uns bewegten, und die Küsserei begann aufs neue.

Ich geb es zu: Ich war ganz stolz auf mich, auf diese Schamlosigkeit, es noch mit fünfzig so zu treiben. Und nebenbei konnte ich es mir nicht verkneifen, mal fix mein Gedächtnis nach ähnlich langen, wilden Küssen abzuklopfen: Da blieb nur Töni übrig. Der Nachbarsjunge Töni. Schon damals hatte ich Dietrich mit Küssen betrogen. Auf einem Silvesterfest hatte ich's probiert. Der Neujahrskuß hatte mich so elektrisiert, daß ich sofort bereit gewesen war, mit Töni das Fest zu verlassen, küssend waren wir durch die Frostnacht getaumelt, viele Stunden, die Lindenallee auf und ab, von Baum zu Baum, unter den Füßen eisknisterndes Gras, bis in den hellen Morgen. Bis Töni Nasenbluten bekam.

»Woran denkst du?« Kevin schob seine Hand zwischen meine Schenkel.

»Ich denke immer nur ans Küssen. Aber laß das.« Ich griff nach seiner Hand.

»Es sieht doch keiner.« Seine Zunge fuhr in mein Ohr. »Die sehen nur den Ball.«

Auf dem Bahnhof fiel es mir tatsächlich doch noch ein, blitzartig schoß es mir durch den wirren Kopf. »Die Kosmetiktüte!« sagte ich. »Du, ich hab doch noch meine Tüte im Schließfach.«

Kevin zog mich am Hörsturzohr. »Wieso Schließfach?«

Hektisch durchsuchte ich meine Geldtasche nach dem Schlüssel. »Das war vor drei Tagen, bevor ich dich kennengelernt habe.« Ich rannte mit dem Schlüssel die lange Reihe der Schließfächer auf und ab. »Dreihundertelf, wo ist denn nur diese Nummer?«

»Auf der anderen Seite«, sagte Kevin seelenruhig.

Ich hastete durch die Halle, er schlenderte rauchend hinter mir her. Das Schließfach zeigte ein gelbes Feld. »Abgelaufen!« rief ich. »Nein, das gibt's doch nicht, Scheiße, was mach ich denn jetzt? Wo krieg ich meine Tüte her?«

»Vielleicht ist sie ja noch drin? So flott sind die Bahnbeamten auch nicht.«

Ich stocherte vergeblich mit dem Schlüssel im Schloß herum.

»Geld nachwerfen!«

Kevin brachte mich noch zur Weißglut mit seiner Ruhe. Er schob mehrere Geldstücke in den Zahlschlitz und, o Wunder, das Fach öffnete sich wie ein Zauberschrein, und darin stand unberührt meine Tüte. Ich schnappte sie. »Wieviel Zeit haben wir noch?«

»Noch fünfzehn Minuten.« Kevin nahm mich bei den Hüften. »Lange genug, um in Muße auf den Bahnsteig zu gelangen, viel zu kurz, um noch richtig Abschied zu nehmen.« Seine Hand mogelte sich durch meinen Kleiderärmel. »Du kannst wohl jetzt nicht schnell genug nach Hause kommen? Du, ich pack dich ins Schließfach! Und jeden Tag komm ich vorbei und krieche zu dir.«

»Fahrstuhl ist besser«, ich lachte, »oder ich reise Paternoster, komme nie an… Und wenn ich nun wirklich hierbliebe?«

Wir liefen Hand in Hand zum Bahnsteig. Wir starrten auf die springenden Uhrzeiger und hielten uns fest.

»Was ist da drin?« fragte Kevin plötzlich. Er griff in die Kosmetiktüte.

»Ein Parfüm zum Männerverrücktmachen.« Abschiedsmatt hielt ich ihm den Sternenflakon entgegen.

»Angel? Laß mal riechen, ob es zu dir paßt.«

Ich sprühte mir die Handgelenke naß, schwer, süß und vanillig stieg der Duft zwischen uns auf. Kevin steckte seine Nase in mein Haar. »Ich rieche nur dich.«

Der Zug fuhr ein. Kevin brachte mich ins Abteil, ein letzter Kuß, so leicht und trocken wie beim ersten Mal.

»Ciao!« Ich schob ihn zurück auf den Bahnsteig. »Bis zum nächsten Mal. Irgendwann sehen wir uns bestimmt, vielleicht in einem Jahr, vielleicht in einem anderen Leben.« Ich versuchte zu lachen und dachte: Vielleicht? Du mit Annas ›Vielleicht‹.

Die Abteiltür trennte uns krachend.

»Wer weiß!« rief Kevin und küßte die Luft mit all seiner Sinnlichkeit.

Ich saß im Zug und schlotterte. Sollte ich diesen Tag verstecken? Ich wollte es nicht, spürte Kevin überall, roch ihn auf meiner Haut. Ich ging aufs WC, ein Behinderten-WC, riesig groß, die Wände lackiert, türkisblau wie Kevins Augen. Sofort hatte ich die Vorstellung einer wilden Vögelei, nicht im Schließfach oder Fahrstuhl, sondern hier – Platz zum Lusttaumeln, man könnte sich legen, die Wände benutzen, das Waschbecken.

Was willst du denn noch alles ausprobieren? zeterte das Gewissen.

Viel zuviel Lust, stöhnte der Saft.

Im Spiegel blühte mein Mund, kußwund.

Ich träumte zwei Stunden, das leichte Rattern des Zuges im Schoß, durch den dunklen Abend.

Ich lag im Bett und schlotterte. »Da bist du ja endlich«, grunzte der Igel, er fischte nach meiner Hand. »War's denn erfolgreich?«

»Sehr«, flüsterte ich und schluckte alle Selbstverachtung.

Der Igel warf sich beruhigt auf die andere Schnarchseite.

28

Es hatte etwas von Hochzeit, zumindest von Silberhochzeit oder fünfzigstem Geburtstag. Die liebe Familie, Freunde, Bekannte und Kollegen, alle standen gratulationsbereit um uns herum.

Man gratulierte Dietrich, daß er in jahrzehntelanger Toleranz mein Talent hatte reifen lassen.

»Marie ist eine Frau, die Zeit braucht«, sagte Dietrich, »was lange währt, wird endlich gut.« Er küßte mich gönnerhaft.

»Genau wie Anna«, sagte Udo. Er kratzte sich den grauen Algenbart. »Die hat auch Zeit gebraucht, und nun sitzen wir jeden Tag zufrieden an meinem Teich.«

Ich flüchtete zu Frau Martens, die, in ein fledermausartiges Seidengewand gehüllt, mich unter ihre mohnroten Fittiche nahm.

»Lampenfieber? Keine Sorge, Kindchen!« Frau Martens' Mund, heute anthrazitfarben konturiert, lächelte großzügig. »Das sieht nach Erfolg aus, so viele Gäste hatte ich schon lange nicht.«

»Ach, das sind doch nur Freunde«, sagte ich.

Frau Martens walzte einmal um die eigene Achse. »Es sind schon rote Punkte da.« Wangengetätschel. »Nicht aufregen, Kindchen, ich halte jetzt meine kleine Ansprache.« Sie ließ ihren Alabasterarm aus dem Gewand wachsen und wies auf die Tür. »Einen Mann von der Zeitung hab ich auch schon entdeckt.«

Ich fuhr herum. Es war nicht Kevin! Irgendein bärtiges Wesen der Lokalzeitung stand im Eingang. Ich atmete auf. Kevin könnte ich heute überhaupt nicht gebrauchen. Mir war eh viel zu schwach, schwindelig, herzstolprig.

Im spiegelnden Glas eines Bildes suchte ich mein Gesicht, blaß blickte es zurück, die Lippen eher blutleer als kußwund. Meine erste Ausstellung! Ich begann meinen Puls zu zählen.

Frau Martens räusperte sich. »Liebe Kunstfreunde«, quoll es sonor aus ihrer üppigen Brust, »ich habe das Vergnügen, Ihnen heute eine besonders interessante Malerin vorzustellen...« Sie schwärmte und schwärmte, bald hatte sie alle in ihren Bann gesogen.

Um mich kümmerte sich nun keiner mehr. ›Eine Frau wie du kommt gut allein zurecht‹ – wer hatte das noch zu mir gesagt? Egal! Ich fror in meinem Kettenraucherkleid, dem Erfolgskleid. Viel zuwenig Stoff für den Endseptembertag. Warum hielt der Igel nicht meine Hand? Jetzt brauchte ich doch Nähe und Wärme.

Ich lehnte mich gegen die Wand, die zierlichen Stiefeletten jagten Schmerzstöße durch meine Füße, der Wonderbra-BH zwängte und zwickte. Wenn ich ohnmächtig würde, wer würde mich auffangen? Eugen mit seinen feuchten Küssen? Wo war er überhaupt? Jetzt könnte ich sein bequemes Wanderschuhwerk brauchen, um mich vom Alpenglühen in den Zehen zu befreien.

Aus Frau Martens quoll es pausenlos weiter.

Ich ließ meine Blicke durch den Raum flattern, sah undeutlich Dietrich zwischen Schwiegermutter, Steffi und Henning. Mutti versackte im neuen lindgrünen Merinowollkleid, Steffi platzte aus einem gelben, hautengen Lackmini, die endlosen Beine durch Plateausohlen verlängert, Henning in zerfetzten Jeans, Sackpulli, die schulterlangen Haare zum Zopf gebunden. Und mittendrin, mit Stiefmütterchenkrawatte und Leisetretern, mein strahlender Igel.

Ich stieß mich von der Wand ab und ruderte durch die Menge, kam an Eugen vorbei.

»Hallo Hörstürzchen!« Er griff nach meinem Ohr.

»Gratuliere zu den Bildern! Erinnern verdammt an Ganghofer.«
Er lachte diesmal nicht dröhnend, sondern leise-verschmitzt.

Ich arbeitete mich weiter bis zum Igel durch, packte ihn und küßte den Verdutzten dreimal, fünfmal. »Du bist mein Mann!«

»Aber ja!« Dietrich schaute mich besorgt an. »Wer denn sonst?«

»Ich bin glücklich«, flüsterte ich.

»Ich doch auch«, flüsterte Dietrich zurück und drückte meine Hand.

»Alles echt super«, säuselte Steffi, Henning zwinkerte mir zu, und selbst Mutti lächelte. »Sehr passabel.«

Schnurrlippen hatte sie trotzdem. Ich biß mir auf die Lippen, bis sie blühten, kuschelte mich an den Igel. Endlich war ich entspannt genug, mich meiner Ausstellung zu widmen. Stolz zählte ich fünf rote Punkte. Wenn sie sich weiter so flott vermehrten, könnte ich dem Igel eines Tages einen Spießer schenken, einen roten Mercedes-Sport mit grünem Punkt.

Ich fühlte mich plötzlich wunschlos glücklich, bereit, wie Goethes Faust, den ›schönsten Augenblick‹ zu genießen. Kein Mephisto war gekommen, um mich zu holen. Warum nicht alt werden an Dietrichs Seite? Als eisgraues Paar würden wir durch Parkanlagen stromern und gemeinsam Coladosen aufsammeln, Dietrich dürfte bis ans Lebensende den Geschirrspüler füllen, nach seinem System, mir zum Geburtstag Putzschrank und Keller aufräumen... Und ich würde hingebungsvoll für ihn bügeln. Nur einmal im Jahr, höchstens zweimal in Köln eine Tüte vergessen...

Frau Martens hatte ihre Rede zu Ende zelebriert. Man applaudierte, sie zog mich in die Mitte, umschlang mich mit ihrem Fledermausgewand und rief: »Die Ausstellung ist eröffnet!«

Das war der Startschuß für Marcello. Aus dem Bistro nebenan jagte er hüftschwenkend kleine Tabletts, beladen mit Wein und Orangensaft, von Gast zu Gast.

Anna kam auf mich zugestürmt, küßte mich rechts-links-rechts. »Glückwunsch!« Sie setzte an zum kehligen Lachen. »Stell dir vor, Eugen hat drei Bilder gekauft – für seine Praxis.« Sie nahm mich bei den Händen, ging einen Schritt zurück. »Die Ausstellung steht dir blendend.«

»Ja?« Ich lächelte dankbar. »Ich genieße gerade den höchsten Augenblick.«

Anna zupfte an mir herum. »Und wie heißt dein höchster Augenblick?« Sie flüsterte: »Etwa Eugen?«

Da klotzte Kollege Martin zwischen uns, prügelte mich in seine Umarmung. »Marie-Luise! Ich soll dich küssen! Im Auftrag von einem am Rhein.«

Ich schob ihn zurück. »Ich bin nicht deine Leinwand.«

»Leider.« Er zog grinsend ein kleines Päckchen aus der Jackentasche. »Schönen Kuß und viel Erfolg – von einem, der kürzlich seinen fünfzigsten Geburtstag mit dir gefeiert hat.«

»Nein!« hauchte ich.

»Doch!« Martin gab mir das Päckchen und ging zurück zu Gerhardt zu Gantenbein.

Anna hatte begierig zugehört. »Und ich weiß von nichts!« rief sie, tippte aufgeregt auf das Päckchen. »Willst du nicht wissen, was drin ist?«

»Nein«, sagte ich, »vielleicht was aus meinem anderen Leben.«

Anna schüttelte den Kopf. »Ich verstehe überhaupt nichts.«

»Brauchst du auch nicht«, ich gab ihr einen Kuß, »aber für dich mach ich's auf.«

Gelassen zerriß ich das Geschenkpapier, Papier, bedruckt mit blauvioletten Pflaumen. Zum Vorschein kam eine CD. Eine CD von Joe Cocker, auf die eine mattviolette Blüte geklebt war.

»Eine Herbstzeitlose«, sagte Anna verträumt.

»Altweibersommer!« sagte ich.

Ende

Die Frau in der Gesellschaft

Claudia Keller
Der Flop
Roman
Band 4753
Kein Tiger in Sicht
Satirische
Geschichten
Band 11945

Hannelore
Krollpfeiffer
Telefonspiele
Roman
Band 12423

Fern Kupfer
Zwei Freundinnen
Roman
Band 10795
Liebeslügen
Roman
Band 12173

Anna von Laßberg
Eine Liebe in Bonn
Roman
Band 12760

Doris Lerche
Der lover
Band 10517
**Eine Nacht
mit Valentin**
Erzählungen
Band 4743
**21 Gründe,
warum eine Frau
mit einem Mann
schläft**
Erzählungen
Band 11450

Hera Lind
**Ein Mann
für jede Tonart**
Roman
Band 4750
**Frau zu sein
bedarf es wenig**
Roman
Band 11057

Hera Lind
Das Superweib
Roman
Band 12227
Die Zauberfräu
Roman
Band 12938

Enel Melberg
Der elfte Tag
Roman
Band 12634

Gisela Schalk
**Frauen in den
besten Jahren**
Kurzgeschichten
Band 12073

Dorit Zinn
**Mit fünfzig
küssen Männer
anders**
Roman
Band 12939

Fischer Taschenbuch Verlag